세 여인

Drei Frauen

로베르트 무질
강명구 옮김

세 여인

Drei Frauen

로베르트 무질(1880~1942)

차례

그리지아

살다 보면 계속 이대로 갈지 아니면 방향을 바꿀지 망설여지는 순간처럼 눈에 띄게 주춤할 때가 있다. 그런 시기에는 불행에 빠지기 쉽다.

호모에게는 몸이 아픈 어린 아들이 하나 있었다. 이 병은 더 나아지는 기색도, 그렇다고 위험한 고비도 없이 일 년 넘게 끌었다. 의사는 장기 요양을 권했는데 호모는 아이와 함께 떠나겠다는 결정을 내릴 수 없었다. 그렇게 하면 자신과 자기가 읽을 책들과 세워 둔 계획, 본인의 생활에서 너무 멀어지는 것 같았다. 호모는 이런 심리적 저항을 대단한 이기심이라 생각했지만 그건 차라리 자기 해체라 보아야 할 터다. 예전에는 단 하루도 아내와 떨어져 지낸 적이 없으니 말이다. 그는 아내를 몹시 사랑했으며 그 사랑은 지금도 여전했다. 그런데 이 사랑은 아이 탓에 갈라지게 되었다. 그건 마치 돌멩이 속에 물이 스며들어 점점 더 틈을 벌리듯이 이루어졌다. 호모는 사랑하는 아내와 떨어져 있다는 사실을 새롭게 깨닫고 매우 놀랐지만 자신이 그걸 안다고 해서, 혹은 자신의 결심 때문에 사랑이 약해지는 일 따위는 없었다. 오랫동안 여행 준비를 하면서도 호모는 다가오는 여름을 어떻게 혼자 보내나 하는 고민 말고는 전혀 하지 않았다. 다만 온천이나 산악 휴양지에는 절대 가고 싶지 않다는 마음뿐이었다. 혼자 남은 지 이틀째 되는 날 호모는 편지 한 통을 받았다. 페르제나탈에서 오래전 폐쇄된 금광을 재개하는 사업을 벌이는데 준비 작업에 동참해 달라고 초빙하는 내용이었다. 그 편지는 모차르트 아마데오 호핑고트라는 남자가 보낸 것으로 그와는 몇 년 전 여행 중에 만나서 금세 친해진 사이였다.

그러나 호모는 그 일이 뭔가 심각하고 대단한 일이 되리라는 의심은 조금도 하지 않았다. 그는 두 통의 전보를 쳤다. 한 통은 아내에게 쓴 것으로 지금 당장 이곳을 떠날 계획이며 거처는 후에 알려 주겠다는 내용이었고 또 한 통은 상당 금액을 제안한 금광 재개 사업에 지질학자 자격으로 동참하겠다는 내용이었다.

P라는 도시는 뽕나무와 포도를 재배하는 폐쇄적이고 부유한 이탈리아의 소도시로, 호모는 이곳에서 호핑고트를 만났다. 호모와 동년배인 호핑고트는 키가 훤칠했으며 가무잡잡하고 잘생긴 얼굴로 무슨 일인지 늘 분주하게 돌아다녔다. 그가 들은 바에 의하면 이 일은 엄청난 미국 자본을 마음대로 쓸 수 있는 대규모 사업이었다. 우선 그들 둘과 다른 세 명의 참가자로 구성된 탐험대가 준비 작업차 먼저 골짜기로 들어가 말을 사들이고 장비가 도착하기를 기다리며 인부들을 모집했다.

호모는 무슨 이유에선지 여관에 묵지 않고 호핑고트가 아는 이탈리아 사람 집에 묵었다. 그 집에 있는 물건 중에서 세

가지가 호모의 눈길을 끌었다. 훌륭한 마호가니로 만들어서 무척이나 시원해 보이는 부드러운 침대와 정신 사납고 심미안에 거슬리는, 도무지 끝나지 않을 것처럼 이어지는 생소한 무늬의 벽지, 그리고 등나무로 만든 흔들의자였다. 이 의자에 앉아 벽지를 바라보고 있노라면 사람의 몸도 마음도 위아래로 뻗어 나간 덩굴처럼 혼란스러워졌다. 이 덩굴은 무(無)의 상태에서 순식간에 완전히 자라났다가 다시 자기 안으로 움츠러드는 것 같았다.

거리의 대기에는 눈과 남풍이 한데 뒤섞여 있었다. 5월 중순이었다. 밤이 되면 거리는 아치형의 커다란 가로등 불빛으로 환했는데, 등불이 양옆으로 팽팽하게 당겨진 줄에 높이 매달려 있어서 그 아래의 거리는 꼭 짙푸른 협곡처럼 보였다. 사람들이 그 협곡의 어두운 바닥 위를 걸어 다녔다. 낮이면 하늘에는 하얗게 작열하는 태양이 돌았다. 어디서든 고개만 들면 포도밭과 숲이 보였다. 겨울을 잘 이겨 낸 숲은 빨강, 노랑, 초록으로 다채로웠다. 아직 낙엽이 지지 않은 나뭇가지에는 새 잎과 시든 잎이 한데 뒤엉켜 마치 묘지의 화환 같았다. 빨강, 파랑, 분홍의 작은 집들이 눈에 띄었고 그 집들은 제멋대로 던져진 주사위처럼 독특한 형상을 세상 사람들 앞에 무덤덤하게 내보이고 있었다. 그러나 저 위, 숲은 어두웠다. 그곳엔 젤보트라는 이름의 산이 있었다. 그 숲 위쪽으로 목장이 있고, 길은 눈 덮인 옆 산에 이르기까지 넓고도 적당한 굴곡을 이루며 좁고 험한 오르막길이 난 골짜기로 이어졌다. 탐험대가 들어가려는 곳은 바로 그 골짜기였다. 이 산에 사는 남자들은 우유를 운반하거나 옥수수죽을 사러 내려올 때면 이따금씩 커다란 수정이나 자수정을 가지고 왔다. 이것들은 초원에 피어 있는 꽃처럼 도처의 바위틈에서 넘칠 정도로 많이 자라고 있었다. 이렇듯 섬뜩하리만치 아름다운 동화 같은 형상은 수많은 밤하늘의 별들처럼 낯설면서도 친숙하게 어른거리는 이 고장의 경치 이면에 뭔가 동경하고 기대할 만한 무언가가 감추어져 있다는 인상을 더욱 강하게 환기시켰다. 호모 일행이 산골짜기로 말을 타고 들어가 6시에 장크트 오르솔라를 지났다. 그때 풀숲에 가려진 작은 개울을 가로지르는 돌다리 옆에서 백 마리까지는 아니더라도 족히 스무 마리는 될 법한 밤꾀꼬리들이 지저귀는 소리가 들렸다. 환한 대낮에 말이다.

이들은 골짜기에서 발견한 이상한 마을에 머물렀다. 그 마을은 언덕바지에 있었다. 좁은 산길을 따라가다 보면 그 길 끝에는 판판한 큰 돌로 만든 징검다리가 있었고 짧고 가파른 골목 몇 개가 굽이쳐 흐르는 개울처럼 언덕 아래 목초지로 이어졌다. 길가에 서 있으면 눈앞에 보이는 것은 무심히 버려진 초라한 농가뿐이었다. 그러나 아래쪽 목초지에서 올려다보면 수상 가옥처럼 얼기설기 지어진 마을의 집들 때문에 원시 시대로 돌아간 기분이 들었다. 골짜기 집들은 높은 축대 위에 지어졌고, 화장실은 가마 모양 곤돌라처럼 생겼는데 집에서 약간 떨어진 비탈 위에 가느다란 기둥 네 개로 받쳐진 채 떠 있었다. 마을 주변의 경치 역시 독특했다. 꼭대기가 절벽을 이룬 높은 산들이 담처럼 마을을 반원형으로 둘러싸며 가파른 분지를 형성했다. 이 분지 한가운데는 작은 숲이 있었다. 속이 텅 빈 카스텔라 같은 모양의 지형이었다. 분지의 일부는 깊은 개울에 의해 작게 나뉘어 있었다. 개울은 골짜기 쪽으로 흐르고 산비탈에 마을이 매달려 있는 형상이었다. 주변의 눈 덮인 협곡에는 눈잣나무가 자라고 있었고 노루도 두세 마리 뛰

놀았다. 가운데 산꼭대기에서는 벌써부터 수탉이 짝을 찾고 양지바른 곳에는 별 모양을 한 노란색, 파란색, 흰색의 커다란 꽃들이 활짝 피어서 은화를 한 자루 쏟아 부은 것처럼 보였다. 마을 뒤쪽으로 삼 킬로미터쯤 올라가면 그리 넓지 않은 평지가 나왔다. 이곳에 밭과 목초지, 건초 헛간이 있고 여기저기 집들이 흩어져 있었다. 골짜기 쪽으로 튀어나온 단애에 위치한 작은 교회에서 보면, 화창한 날에 강 하구에서 바다가 보이듯이 멀리 골짜기 앞으로 펼쳐진 세계가 눈에 들어왔다. 어디까지가 축복받은 황금빛 대지인지, 어디서 하늘의 구름 지대가 시작되는지 분간할 수 없었다.

처음엔 그곳 생활이 좋았다. 온종일 산에서 오래전에 매몰된 갱의 입구에 가 보기도 하고 새로이 시굴 작업을 해 보거나 넓게 길을 낼 만한 곳을 찾아 골짜기 밖으로 나가기도 했다. 눈 녹을 때가 가까운 듯 드넓은 하늘의 대기는 벌써부터 부드러운 기운을 품고 있었다. 호모 일행은 사람들에게 돈을 뿌리고 신처럼 군림했다. 그리고 남녀 할 것 없이 동네 사람들을 모조리 작업에 끌어들였다. 마을 남자들로는 작업조를 편성하여 산에 배치한 뒤 몇 주일을 꼬박 산에서 지내게 했고 여자들로는 운반 부대를 편성해서 길이라고도 할 수 없는 오르막의 좁다란 통로로 연장이나 식량을 나르게 했다. 석조로 된 학교 건물은 현장 사무소로 바꾸어 물건들을 저장해 두거나 쌓아 두었다. 그곳에서는 어떤 남자가 날카로운 목소리로 수다를 떨면서 대기하는 여자들을 차례로 불렀다. 그러면 비어 있던 커다란 바구니에 무릎이 꺾이고 목에 핏대가 불거질 정도의 무거운 짐이 가득 채워졌다. 곱상한 젊은 여자에게 짐을 실어 줄 때면 눈앞이 아득해지며 입이 헤벌어져 있었다. 순서

대로 짐을 싣고 나면 가축과도 같은 이 여자들은 입을 다물고 구령에 맞춰 천천히 차례로 한 발짝씩 구불구불한 긴 길을 따라 산을 향해 발을 내딛기 시작했다. 그들이 나르는 짐은 빵, 고기, 포도주 등 값비싸고 보기 드문 것들이었다. 그래도 무거운 철물 장비까지 가리지 않고 운반하다 보면 현금으로 받는 보수 이외에도 살림살이에 필요한 여러 생활용품들이 손에 들어왔다. 여자들은 그 재미에 흔쾌히 짐을 날랐고 산에 축복을 안겨 준 남자들을 고맙게 생각했다. 그렇게 생각해 주는 것은 기분 좋은 일이었다. 그들은 이곳에서만큼은 어떤 인간인지, 믿을 만한지, 힘이 있고 무서운지, 사랑스럽고 아름다운지 따위를 관찰당하지 않아도 되었다. 또 과거에 어떤 인간이었건, 어떤 가치관을 가졌건 이곳에 행복을 가져다주었다는 이유로 사랑을 나눌 수 있었다. 이 사랑은 마치 전령처럼 앞서 달렸고 새로 정돈된 손님용 침대처럼 어디를 가든 마련되어 있었다. 여자들의 눈은 호감을 담고 있었다. 이런 여자들에게는 호의를 거리낌 없이 발산해도 괜찮았다. 그러나 가끔 목초지를 지나갈 때면 나이 든 농부가 그곳에 서서 죽음의 화신처럼 낫을 흔들기도 했다.

또 이 골짜기 끝에는 이상한 사람들이 살고 있었다. 그들의 조상은 트리엔트 주교가 권력을 잡았던 시대에 독일에서 온 광부였는데, 지금까지도 비바람에 풍화된 돌멩이처럼 이탈리아 사람들 틈에 섞여서 이곳에 눌러앉아 있었다. 그들은 옛 생활 방식을 반은 보존하고 반은 잊어버린 상태였는데 그나마 지켜 낸 부분조차 이미 이해하지 못했다. 봄이 되면 골짜기의 급류가 이들이 사는 땅을 침식해서 언덕 위에 있던 집들이 지금은 절벽 끝에 와 있었다. 그러나 그들은 이에 대해 어떤 대책도 세우지 않았고 오히려 온갖 쓸데없는 새 시대의 잡동사니들이 집 안으로 흘러들도록 방치했다. 이런 물건 중에는 윤기 나는 값싼 장롱, 익살맞은 그림이 있는 엽서, 유화풍의 석판화 등이 있었다. 그러나 가끔은 옛날 마르틴 루터 시대에 사용하던 것으로 추정되는 식기들도 있었다. 말하자면 이들은 프로테스탄트였다. 그들을 이탈리아 풍습에 젖지 않게 지켜 준 것은 끈질기게 고수해 온 신앙이었지만 그렇다고 훌륭한 기독교인은 아니었다. 그들은 가난했기 때문에 거의 모든 남자들이 결혼하자마자 아내를 집에 두고 돈을 벌러 얼마간 미국으로 떠났다. 돌아올 때는 몇 푼 안 되지만 그간 모은 돈을 가지고 왔다. 그들은 도시에서 사창가의 습성이나 무신론까지 묻혀 왔지만 문명에 물들지는 않았다.

이곳에 온 지 얼마 안 되어 호모는 귀를 솔깃하게 하는 어떤 이야기를 들었다. 그리 오래되지 않은 이야기로, 한 십오 년 전쯤 일어난 일인 듯했다. 오랫동안 집을 떠나 있던 한 농부가 미국에서 돌아와 아내랑 한방에 눕게 되었다. 다시 함께 있게 되니 한동안은 기뻤고 저축해 둔 마지막 돈이 바닥날 때까지 그럭저럭 잘 지냈다. 그러나 미국에서 들어와야 할 다른 돈이 송금되지 않자 그 농부는 이 고장의 모든 남자들처럼 생계비를 벌기 위해 외지로 행상을 떠났다. 그동안 아내는 수입 없이 살림을 계속 꾸려 나갔다. 그러나 남편은 돌아오지 않았다. 그런데 얼마 뒤 미국에서 돌아왔던 그 농부가 근처의 어떤 마을에 다시 나타났다. 그는 아내에게 자신이 떠난 지 얼마나 되었는지 날짜까지 정확하게 말하며 자기가 떠나던 날 먹은 음식을 차려 달라고 했다. 오래전에 없어진 소에 관한 내막까지 알고 있었다. 또한 그동안 자기 머리 위에 있던 하늘과는 완전히 다른 하늘 아래서 배워 온 점잖은 태도로 아이들이랑도 잘 어울렸다. 이 농부 역시 잠시 행복해하다가 잡화들을 가지고 집을 떠나서는 두 번 다시 돌아오지 않았다. 이러한 사건은 그 지역에서 서너 번 더 일어났다. 사람들은 그제야 그 농부가 바다 건너에서 이 고장 남자들과 함께 일하며 이곳 사정을 시시콜콜 캐물어 이모저모에 훤해진 사기꾼이라는 사실을 알게 되었다. 그는 어디에선가 체포되어 옥살이를 했고 그 후로 그를 본 여자는 아무도 없었다. 모든 여자들은 그 점을 유감스러워했으리라. 그와 며칠 더 지내면서 자기 기억과 비교해 본 뒤, 사람들에게 웃음거리가 되지 않도록 대처하고 싶었을 테니 말이다. 그런가 하면 어쩐지 처음부터 자신의 기억과 다르다는 점을 눈치챘다는 여자들도 있었다. 하지만 기억력에 자신이 없어서 그 말을 입 밖에 낼 수 없었을뿐더러 자기 권리대로 마땅히 돌아올 곳에 돌아온 남편을 골치 아프게 하고 싶지 않았다는 것이다.

이곳 여자들은 그런 식이었다. 그들은 빨강, 파랑, 오렌지색의 손바닥만 한 레이스가 달린 갈색 모직 스커트 속에 두 다리를 감추고 있었다. 머리에 두르거나 가슴에 걸친 스카프는 현대식 공장에서 생산된 싸구려 날염으로 만든 것으로, 색깔이나 무늬를 보노라면 조상들이 살던 까마득한 시대로 거슬러 올라간 것 같았다. 그것은 농부들의 평상복보다 훨씬 구식이었고, 마치 온갖 시대를 두루 거친 다음 뒤늦게 도착해서 힘없고 흐릿해진 시선 같았다. 이 차림을 보고 있자면 그 시선이 꼭 자신을 응시하고 있는 듯했다. 신발은 나뭇조각을 깎아 통나무배 모양으로 만들었는데 길이 험하다 보니 신발 바닥에는 칼끝처럼 생긴 쇠 굽 두 개가 달려 있었다. 여자들은 파란

색이나 갈색 스타킹에 그 구두를 신고 일본 여자처럼 걸었다. 이들이 무언가를 기다리기라도 할 때면 길가에 그냥 앉지 않고 평평한 길 한복판에 흑인처럼 무릎을 세우고 주저앉았다. 또 가끔 있는 일이기는 하지만 나귀를 타고 산으로 들어갈 때면, 치마를 가지런히 모으지 않고 허벅지에 별 신경을 쓰지 않은 채, 마치 남자들처럼 날카로운 나뭇짐을 싣는 안장 가장자리에 걸터앉았다. 이때도 다리를 제멋대로 높이 들고 상반신 전체를 가볍게 흔들면서 갔다.

또 마을 여자들은 호의와 애교를 거침없이 드러내서 남자들의 마음을 산란하게 했다. 이들은 집 대문을 두드리면 공작부인처럼 꼿꼿이 서서 "들어오세요."라고 말했고 잠시 밖에서 얘기를 나누려고 하면 갑자기 더없이 공손하고 얌전하게 "외투를 받아 드릴까요?" 하고 물었다. 한번은 호모 박사가 매력적으로 생긴 열네 살짜리 여자아이에게 "건초 헛간으로 오렴." 하고 말한 적이 있다. 가축에게 사료가 자연스럽듯 문득 이 여자아이에게 건초가 자연스럽다는 생각이 들었기 때문이다. 그런데 오래전부터 쓰던 앞이 뾰족하게 나온 스카프에 가려진 아이의 얼굴에는 전혀 놀라는 기색이 없었다. 오히려 명랑하게 코를 찡긋하고 눈을 반짝였다. 그리고 배 모양의 작은 신발 끝으로 발꿈치를 들어 올렸다. 이 모든 것이 남자의 욕망에 어색해하며 놀라는 사랑스러운 표현이었다. 그렇지 않았다면 그녀는 희극 오페라에서처럼 어깨에 갈퀴를 걸친 채 그 탄력 있는 엉덩이로 바닥을 찧었을 터였다. 또 언젠가는 연극에 등장하는 독일 과부처럼 키 큰 시골 여자에게 "아직도 처녀요?" 하고 물으며 그녀의 턱을 잡아채 보기도 했다. 이런 농담을 할 때는 남성적인 분위기를 풍겨야 했기 때문이었다. 그 여자는 태연하게 턱을 잡고 있도록 내버려 두더니 심각하게 "네, 물론이죠."라고 대답했다. 호모는 어이가 없어서 무슨 말을 해야 할지 몰랐다. 그는 놀라서 "당신이 아직도 처녀라고?"라고 이상스럽다는 듯이 말하고는 웃어 버렸다. 그녀도 킬킬대며 따라 웃었다. 그는 "다시 말해 봐!"라고 말하며 더 다가가서 장난스럽게 그녀의 턱을 흔들었다. 그녀는 호모의 얼굴에 대고 입김을 훅 내뿜더니 "그랬었다고요!"라며 웃어 댔다.

이어서 "당신 집에 가면 뭘 줄 거지?"라고 호모가 물었다.

"당신이 원하는 것."

"내가 원하는 것 전부?"

"전부 다요."

"정말 전부 다?"

"전부 다! 다 가져요!"

이렇게 거침없고 격렬한 열정으로 연출된 해발 1600미터 고지에서의 연극은 호모를 몹시 당황스럽게 했다. 그는 예전 생활보다 더 밝고 재미있는 이곳 생활이 현실이 아니라 허공에 떠도는 유희라는 생각을 떨칠 수 없었다.

그러는 사이 여름이 되었다. 아픈 아들의 필체로 쓰인 편지를 처음 보았을 때 그는 놀라운 행복감과 은밀한 소유에 대한 전율을 머리끝에서 발끝까지 느꼈다. 그러나 지금 묵는 곳을 가족이 안다는 사실은 끔찍한 굴레처럼 느껴졌다. 그가 이곳에 있음을 이제 모두 알고 있으니 더 이상 설명해 줄 필요가 없었다. 목초지는 하얀색, 보라색, 초록색, 갈색으로 물들었다. 호모는 이곳에서 유령이 아니라 엄연히 살아 있는 한 인간이었다. 에메랄드빛 비탈에는 부드러운 녹색 이끼가 덮인 낙엽송 고목이 가득한 동화의 숲이 펼쳐져 있었다. 이끼 아래에는 자색과 흰색의 수정이 자라고 있는 것 같았다. 숲 가운데 개울은 물줄기가 바위를 타고 흘러내려 커다란 은색 머리빗처럼 보였다. 호모는 더 이상 아내의 편지에 답장을 하지 않았다. 남녀가 결합하여 서로의 것이 되는 일은 자연의 숱한 신비 중 하나였다. 부드러운 진홍빛 꽃이 하나 있었다. 이 꽃은 다른 어느 남자도 아닌 오직 호모의 세계에만 속했다. 신이 기적처럼 그렇게 만들어 준 것이다. 우리 육체에는 은밀하게 감추어진 어떤 장소가 있는데, 이곳은 죽음을 각오하지 않으면 아무도 들여다 볼 수가 없다. 오로지 한 사람만이 볼 수 있다. 이 순간 그에게는 그 일이 마치 심오한 종교처럼 불합리하고 비현실적인 것으로 여겨졌다. 그는 이 여름에 홀로 떨어져 억누를 수 없는 감정의 흐름에 자신을 내맡기면서 자기가 무엇을 했는지를 비로소 알게 되었다. 그는 녹색 이끼가 털처럼 돋은 나무들 사이에서 무릎을 꿇고 양팔을 벌렸다. 지금껏 한 번도 해 본 적 없는 일이었다. 그 순간 누군가 자신을 껴안는 듯한 기분이 들었다. 그는 자신의 손에서 연인의 손을 느끼고 귀로는 그녀의 음성을 들었으며 난생처음인 듯 그 손이 몸의 곳곳을 어루만지는 것을 느꼈다. 그는 자기 몸을 마치 남의 몸처럼 감각했다. 또한 자신의 생명력이 힘을 잃어 감을 느꼈다. 그의 마음은 연인 앞에서 고요해졌고, 또 비렁뱅이처럼 가난해져 영혼에서 맹세와 눈물이 솟구쳐 나올 것만 같았다. 그럼에도 아내에게 돌아가지 않으리라는 사실만큼은 분명했다. 이상하게도 꽃이 만발한 숲 주변 초원의 이미지가 그의 흥분된 감정과 결합되어 있었다. 미래를 동경하면서도 자신이 이 아네모네와 물망초, 난초, 용담과 멋진 녹갈색의 승아 사이에서 죽은 채로 누워 있게 되리라는 예감을 느꼈다. 그는 이끼 위에 몸을 쭉 뻗고 누워서 "어떻게 너를 저 너머로 데려가지?"라고 스스로에게 물었다. 그리고 긴장이 풀리기 직전의 미소 지은 얼굴처럼 몸은 굳어 피로해졌다. 지금껏 자신이 현실 속에 살고 있다고 생각했다. 그런데 한 인간이 스스로를 다른 모든 인간들과 다른 존재로 느끼는 것보다 더 비현실적인 일이 있을까? 수많은 존재들 가운데 하나가 자신의 몸과 내면에 종속된 듯 느껴지는 것, 그래서 그 존재의 배고픔과 피곤함, 청각과 시각이 자신의 육체와 밀접하게 이어지는 것보다 더 비현실적인 일이 있을까? 대지의 비밀이 어린 나무 속으로 스며들듯 아이는 커 가면서 점차 세속적인 근심과 즐거움을 알게 될 것이다. 호모는 아들을 사랑했지만 아이가 그런 것들을 극복할 나이가 되기도 전에 이미 피안의 영역을 말살시켜 버렸다. 호모는 갑자기 새로운 확신으로 달아올랐다. 그는 신앙심 깊은 인간은 아니었지만 이 순간 내면이 밝아짐을 느꼈다. 명료해진 감정 속에서 생각들은 한낮에 켠 촛불처럼 희미해졌다. 다만 젊음 가득한 한마디가 떠올랐는데 그건 바로 재합일이었다. 그는 이제 영원한 재합일을 획득했고 이 생각에 빠져드는 순간, 세월이 연인에게 안겨 준 소소한 보기 싫은 모습들도 사라졌다. 영원한 첫날이었다. 모든 세속적인 생각들은 자취를 감추고 권태나 부정(不貞)의 가능성도 사라졌다. 잠깐의 경솔함 때문에 영원을 희생시킬 사람은 없을 테니 말이다. 처음으로 사랑이 숭고한 성사(聖事)라고 의심 없이 받아들였고, 삶을 이렇게 고독하게 바꾸어 놓은 신의 섭리를 인식했다. 발아래 금은보화로 가득한 대지가 이제는 세속적인 보물이 아니라 그에게 배정된 마법의 세계처럼 느껴졌다.

그날부터 호모는 뻣뻣한 무릎이나 무거운 짐에서 해방된 듯 속박에서 벗어났다. 살고자 하는 욕망, 즉 죽음에 대한 두려움의 속박에서. 원기 왕성한 나이에 종말이 가까이 왔다고 생각하면 삶을 더 근사하고 간절하게 즐기리라고 믿었지만 그런 일은 없었다. 그저 자신이 더 이상 얽매이지 않는다는 느낌, 말할 수 없이 홀가분한 기분뿐이었다. 이로써 그는 자기 존재의 주인이 되었다.

시굴 작업은 제대로 진척되지 않았지만 주변에서는 금광 채굴자들의 생활이 계속되었다. 한 소년이 포도주를 훔쳤는데 그것은 공동의 이익에 위배되는 범죄였다. 따라서 그들은 당연히 응징하고 싶어 했다. 이 아이는 양손이 묶인 채로 끌려왔다. 모차르트 아마데오 호핑고트는 일벌백계의 본보기로 그를 밤낮 없이, 하루 종일 나무에 묶어 세워 두라고 명령했다. 그런데 조장이 그를 놀릴 셈으로 밧줄을 이리저리 흔들다가 못에 걸자 그 소년은 온몸을 부들부들 떨기 시작했다. 밧줄에 목을 매달 거라고 생각한 모양이었다. 말들이 도착했을 때, 그러니까 외부에서 보충용 말이나 며칠간 돌봐야 할 말들이 왔을 때도 이유는 알 수 없지만 똑같은 일이 일어났다. 말들은 무리 지어 골짜기 풀밭으로 내려갔다. 어쩐지 무질서하게 보였지만 남몰래 약속한 미학 법칙에 순종하듯 그 광경은 젤보트산 기슭에 있는 초록, 파랑, 분홍의 작은 집들을 생각나게 했다. 말들이 위로 올라와 있을 때면 세 마리 또는 네 마리씩 산속 분지의 쓰러진 나무에 밤새 묶여 있었다. 누군가 새벽 3시에 달빛을 받으며 길을 나서서 4시 반에 이곳을 지날 때면 말들은 전부 그 행인을 쳐다보았다. 그러면 인적 없는 새벽 여명 속의 자신이 아주 느긋한 사색 중에 떠오른 하나의 상념처럼 느껴졌다. 절도니 뭐니 갖가지 불안한 일들이 발생하자 그들은 감시용으로 쓰기 위해 주변의 개라는 개는 모두 사들였다. 순찰대는 개목걸이도 채우지 않은 채 개들을 두세 마리씩 밧줄에 매어 엄청난 떼거리로 끌고 왔다. 어떤 때는 갑자기 개들이 사람 수만큼이나 많아져 두 무리 중에 어느 쪽이 주인이고, 어느 쪽이 객인지 의문스러울 지경이었다. 그중에는 종자가 좋은 사냥개들도 있었는데, 이 지방에서는 아직도 간혹 기르는 베네치아 사냥개 종이었다. 성질 고약한 어린 원숭이처럼 걸핏하면 무는 개도 있었다. 개들은 떼 지어 있으면서 결속을 다졌다. 하지만 이따금씩 서로 으르렁대며 공격하기도 했다. 어떤 개들은 굶주려서 거의 걸신들린 상태였는가 하면 먹이를 거부하는 개들도 있었다. 요리사가 그릇에 고기와 수프를 담아서 놓아 주려 했을 때 하얀색 작은 개 한 마리가 요리사에게 달려들어 손가락을 문 적도 있었다. 새벽 3시 반이면 벌써 날이 훤하게 밝았지만 해는 아직 보이지 않았다. 산길을 지나갈 때면 목초지의 소들 중 반은 자고 반은 깨어 있었다. 소들은 흰 돌더미처럼 다리를 오므리고 몸은 뒤쪽으로 비스듬히 기울인 채 누워 있었다. 소들은 행인들에게 눈길을 주지 않고 밝아 오는 빛 쪽을 응시했다. 똑같이 느릿느릿 되새김질하는 주둥이는 마치 기도를 하는 것처럼 보였다. 사람들은 숭고한 존재 곁을 지나가듯 서서히 여명이 밝아 오는 그 구역을 통과해 갔다. 높은 곳에 올라 돌아보면 소들의 등뼈와 뒷다리, 꼬리의 선으로 이루어진 높은음자리표가 하얗게 흩어져 있는 듯 보였다. 그 밖에도 재밋거리들이 심심찮게 많았다. 한번은 누군가 다리를 삐어서 두 사람이 그의 팔을 잡고 부축하며 지나갔다. 그런데 느닷없이 '발 — 파' 하고 외치는 소리가 들려왔다. 길을 내느라 커다란 바위를 폭파한 것이다. 그러자 모두들 몸을 피하려고 뛰어갔다. 때마침 내린 빗줄기가 풀밭을 촉촉이 적셨다. 건너편 개울가 덤불 아래에서 불이 난 것은 큰일이었는데도 사람들은 새로 터진 사건에 정신이 팔려서 불난리를 잊고 말았다. 그 화재의 유일한 목격자는 그곳에 있던 어린 자작나무였다. 이 자작나무에는 시커먼 돼지 한 마리가 다리 한쪽이 줄에 걸린 채 공중에 매달려 있었다. 거기엔 불길과 자작나무, 돼지만 남아 있었다.

누군가 돼지를 밧줄에 묶어 끌고 가면서, 가자고 좋게 어르기만 했는데도 돼지는 그때부터 시끄럽게 울어 댔다. 다른 두 남자가 반갑게 제 쪽으로 뛰어오는 모습을 보자 더 시끄럽게 울어 댔다. 귀를 잡힌 돼지는 끌려가지 않으려고 네 다리로 버텼지만 잡힌 귀가 아파서 바둥거리며 끌려갔다. 다리 끝에서 누군가 도끼로 돼지의 머리를 내리쳤다. 그 순간부터 일이 훨씬 더 순조롭게 진행되었다. 앞다리가 동시에 꺾이고 목에 칼이 꽂히자 어린 돼지는 또 날카롭게 울부짖었다. 그 소리는 트럼펫 소리처럼 째지게 울리더니 금세 잦아들어 비장하게 드르렁거리는 코 고는 소리로 바뀌었다. 이 모든 것은 호모가 처음 경험하는 일이었다.

밤이 되면 사람들은 작은 목사관에 모여들었다. 사람들은 그곳의 방 하나를 빌려서 카지노장으로 썼다. 거기서 내주는 고기는 먼 곳에서 매주 두 번씩 공급되었기에 대개 약간 상해 있어서 가벼운 식중독에 걸리는 일도 드물지 않았다. 그런데도 사람들은 날이 저물면 작은 손전등을 들고 비트적거리며 어두운 길을 걸어 목사관으로 왔다. 이곳 생활이 아무리 근사하다지만, 이들이 느끼는 슬픔이나 삭막함은 식중독보다 더 힘들었을 것이다. 이들은 그런 기분을 술로 말끔히 씻어 냈다. 술을 들이켜기 시작한 지 한 시간이 지나자 목사관에는 슬픔과 춤의 구름이 깔렸다. 축음기는 아름다운 별들이 흩뿌려진 부드러운 풀밭을 구르는 황금빛 수레바퀴처럼 돌아갔다. 그들은 서로 대화를 하는 것이 아니라 그저 각자 말을 할 뿐이었다. 재야 학자, 사업가, 전직 교도소장과 광산 기사, 퇴역 소령이 서로 무슨 얘기를 나눌 수 있겠는가? 그들은 신호로 — 물론 그것이 언어였을 수도 있겠다. 불쾌함이나 상대적인 유쾌함, 그리움의 언어 — 동물의 언어를 말했다. 종종 그들은 아무와도 상관없는 이런저런 문제 때문에 쓸데없이 열을 내면서 싸워 서로의 마음을 상하게 했고 다음 날이면 결투를 위해 입회인들이 오갔다. 나중에 밝혀진 사실이지만 결투장에는 아무도 나타나지 않았다. 그들은 다만 시간을 죽여야 했기 때문에 그런 짓을 했다. 그들 중 누구도 그렇게 살아오지 않았기에 스스로가 도살자처럼 야만스럽게 여겨져서 서로를 향해 화를 냈을 따름이다.

그곳에는 어디를 가나 똑같은, 유럽이라는 영혼의 단일체가 있었다. 다른 곳에서는 바쁘게 생활해 왔으나 이곳에는 도대체 정체를 알 수 없는 한가로움이 있었다. 아내와 자식과 안락함을 그리워하는 심정을 뚫고, 사이사이 계속 축음기 소리가 울려 왔다. 로자여, 로츠로 가세, 로츠, 로츠…… 내 사랑의 정자로 와 주오……. 별처럼 머나먼 곳에서 아득하게 풍기는 분 냄새, 얇은 망사, 저 먼 세계에 있는 버라이어티 쇼 극장의 분위기와 유럽적 성애(性愛)의 안개가 피어올랐다. 점잖지 못한 농담에 폭소를 터뜨리고 나면 모두들 이야기를 시작했다. '옛날에 어떤 유대인이 기차를 타고 가는데…… 누군가 이렇게 물었다. 지구에서 달까지 가려면 쥐꼬리가 얼마나 필요할까?' 한번은 이런 질문으로 이야기가 시작됐는데, 그때는 심지어 숙연해지기까지 했다. 소령은 토스카를 틀어 달라고 하더니 축음기가 막 돌아가기 시작하자 우울한 목소리로 이렇게 말했다. "전에 퍼라르[1]와 결혼하려고 한 적이 있었지." 그러자 축음기 나팔에서 그녀의 노랫소리가 방 안에 울려 퍼졌고, 술 취한 사내들의 감탄을 자아내게 한 그 목소리는 승강기를 탄 듯 상승했다. 승강기는 그 목소리를 싣고 미친 듯이 올라가다가 목표 지점에 이르지 못한 채 다시 내려와 공중에서 흔들거렸다. 소리가 격렬한 동작에 따라 움직이다 보니 마치 치마가 펄럭이는 것 같았다. 이렇게 올라갔다 내려오는 것, 살짝 억제하며 잠시 한 음에 머물렀다가 다시 상승과 하강을 반복한 뒤 발산을, 또 한 번 격렬한 움직임에 사로잡혔다가 풀려나는 것, 이것이 바로 쾌락이었다. 호모는 그것이야말로 도시의 온갖 구석구석에 퍼져 있는 쾌락이라고 느꼈다. 이 쾌락은 살인이나 시기, 사업, 자동차의 질주와 구별될 수 없었다. 아, 그것은 더 이상 쾌락이 아니라 모험심이었다. 아니, 모험심이 아니라 하늘에서 떨어진 칼, 죽음의 천사, 천사의 광기, 혹은 전쟁이 아닐까? 천장에는 여러 개의 길쭉한 파리 끈끈이가 걸려 있었는데 그중 하나에서 파리 한 마리가 호모 앞으로 떨어졌다. 그것은 몸에 독이 퍼져서 발랑 뒤집힌 채로 누워 있었다. 파리가 떨어진 곳은 웅덩이처럼 오목하게 들어간 여러 부분 중 하나로, 거의 눈에 띄지 않는, 방수천으로 만든 식탁보의 주름 사이였다. 석유 등잔 불빛이 이 오목한 곳으로 모

1 Geraldine Farrar. 1882년 출생. 미국의 소프라노 가수.

였다. 비 온 뒤에 강풍이 몰아친 듯 식탁보 주름이 만든 웅덩이들은 초봄의 슬픔에 잠겨 있는 것처럼 보였다. 점점 더 힘이 빠지는 듯, 파리는 일어나 보려고 몇 번 더 몸부림쳤다. 식탁보에 앉아 먹이를 먹던 두 번째 파리는 어떤 상황인지 확인하려는 듯 가끔씩 그리로 기어갔다. 이곳에서는 파리가 큰 골칫거리이다 보니 호모도 파리를 유심히 관찰했다. 그런데 죽음의 순간을 맞이하자 파리는 여섯 개의 다리를 쭉 뻗어 모으더니 허공에 대고 바둥거렸다. 그러다가 식탁보에 드리워진 창백한 불빛을 받으며 죽어 갔다. 불빛은 자로 측정할 수도 없고 들리지도 않았지만 그래도 존재하는, 정적에 쌓인 공동묘지 같았다. 그때 누군가가 이런 얘기를 했다.

"전에 누가 진짜로 계산을 해 보았다는데 로트실드[2] 가문의 돈을 다 긁어모아도 달까지 가는 삼등칸 차푯값도 안 된다지 뭡니까?"

호모는 조용히 이렇게 혼잣말을 했다.

"살생을 하면서도 신을 느끼고, 신을 느끼면서도 살생을 할까?"

그러고는 집게손가락으로 맞은편에 앉아 있는 소령의 얼굴을 향해 파리를 튕겨 보냈다. 이 일은 또 싸움의 발단이 되어서 다음 날 밤까지 이어졌다.

그때는 호모가 그리지아를 알게 된 지 한참 지난 뒤였다. 아마 소령도 그녀를 알았을 것이다. 그녀의 본래 이름은 레네 마리아 렌치였다. 그 이름은 꼭 젤보트나 그론라이트, 혹은 말

2 Rothschild. 국제적 금융 재벌로 유명한 가문. 영어로는 '로스차일드'라고 발음한다.

가 멘다나 같은 이름처럼 자수정 결정이나 꽃들을 떠올리게 했다. 그러나 호모는 그리지아라고 부르는 걸 더 좋아했다. 그럴 때면 '리' 자를 길게 뽑고, 숨을 내쉬듯 '지아'라고 발음했다. 그녀가 키우던 회색 암소[3]의 이름을 따서 그리지아라고 부르는 것이었다. 그녀는 보랏빛 도는 갈색 치마를 입고, 머리에는 얼룩무늬 수건을 두르고 목초지 가장자리에 앉아서 네덜란드식 신발 끝을 공중에 까딱거리거나 알록달록한 앞치마 위에 손깍지를 끼고 있었다. 그런 그녀는 마치 작고 가느다란 독버섯처럼 보였고 그녀는 자연 그대로의 모습으로 사랑스러웠다. 그녀는 가끔 아래쪽에서 풀을 뜯는 소에게 명령했다. 명령이라고 해 봐야 겨우 "게 에아(Geh ea)!" 혹은 "게 아우아(Geh aua)!" 정도의 서너 글자로, 소가 너무 멀리 갈 때 '이리와!'나 '올라와!'라는 뜻으로 외치는 말 같았다. 소에게 내린 명령이 잘 먹히지 않았는지 뒤이어 머리끝까지 화가 난 그리지아의 목소리가 들린다. "아니, 이놈이, 오란 말여." 그런데도 말을 듣지 않으면 그녀는 최후의 수단으로 작은 돌멩이처럼 쿵쿵거리며 직접 풀밭으로 내려가 나뭇조각을 주어 들고는 적당한 거리에 서서 소를 향해 던졌다. 그러나 암소는 기어이 계속 골짜기 쪽으로 가려는 습성을 지녀서, 올라갔다 내려갔다 하는 진자처럼 규칙적으로 이 모든 과정을 되풀이했다. 그 모양이 천진하고 무의미해 보였기 때문에 호모는 그때부터 그녀를 암소 이름대로 그리지아라고 부르면서 놀렸다. 멀찌감치 있던 호모는 그런 모양새로 앉아 있는 그리지아에게 다가갈 때 심장이 두근거림을 숨길 수가 없었다. 갑자기 전나무

3 die Graue. 독일어 grau는 '회색'을 의미한다.

향기가 가득한 곳으로 걸어 들어가거나, 버섯들이 만발한 숲 속 바닥에서 올라오는 향긋한 대기 속으로 파고들 때처럼 가슴이 두근거렸다. 더불어 그녀에 대한 이런 인상 속에는 항상 자연에 대한 두려움이 내포되어 있었다. 자연은 늘 자연스러우리라고 착각해서는 안 된다. 인간이 본성을 억압하지 않으면 자연은 모든 면에서 더럽고 모가 나 있으며 독성 있고 비인간적이다. 아마도 그가 이 시골 여자에게 마음이 끌린 까닭은 바로 그 점 때문이었을 것이다. 또 하나는 그녀가 너무도 여자답다는 사실에 지칠 줄 모르고 경탄했기 때문이다. 숲속에서 지내다가 찻잔을 들고 앉아 있는 여인을 본다면 다른 사람들도 분명 경탄을 금하지 못하리라.

호모가 처음 그리지아의 집 문을 두드렸을 때 그녀는 들어오세요, 하고 말했다. 그녀는 아궁이 옆에 서 있었고 불 위에는 냄비가 올려져 있었다. 그녀는 자리를 뜰 수 없었기 때문에 정중하게 부엌 의자를 가리켰고 한참 지나서야 앞치마에 손을 닦고는 웃으면서 방문객들에게 손을 내밀었다. 예쁘게 생긴 손이었는데 아주 고운 사포나 정원의 보슬보슬한 흙처럼 부드러우면서도 까칠했다. 얼굴은 약간 비웃는 듯한 표정이었고 옆에서 바라보면 콧날이 또렷하고 윤곽은 우아했다. 특히 그녀의 입술이 호모의 관심을 끌었다. 그 입술은 큐피드의 활 같은 곡선을 그렸고 침을 삼킬 때처럼 꼭 다물려 있었다. 그래서 그런지 아주 섬세한 모양의 입술인데도 단호하고 거친 느낌이었고, 또 약간 장난스러운 분위기를 풍겼다. 이런 면은 신발이랑 잘 어울렸는데, 작은 체구의 그녀가 신발을 신은 모습은 뿌리에서 제멋대로 뻗어 나온 식물 같았다. 어떤 일로 사람들이 모여서 의논할 때였다. 사람들이 밖으로 나가자 그녀는 다시 미소 지었고, 그를 맞이할 때보다 잠깐 더 오래 그의 손을 잡았던 것 같다. 도시에서라면 별 의미 없을 이런 인상들이 고독으로 둘러싸인 이곳에서는 감동을 주었다. 이것은 바람이 불지도, 방금 새가 날아가지도 않았는데 나뭇가지가 흔들리는 것과 같았다.

그런 일이 있은 직후, 호모는 그 시골 여자의 연인이 되었다. 그는 자신에게 일어난 이러한 변화에 굉장히 몰입했는데, 아무래도 두말할 나위 없이 그 당시 무슨 일인가가 일어났고, 그 일은 자신으로 말미암아 일어난 것이 아니라 자신과 함께 일어났기 때문이다. 두 번째로 방문했을 때 그리지아는 금세 그와 나란히 의자에 앉았다. 그는 어느 정도까지 해도 괜찮을지 시험해 보려고 무릎에 손을 얹고 "당신은 여기서 최고로 미인이야."라고 말했다. 그녀는 그저 그의 손을 자기 허벅지에 올려놓고 그 위로 자기 손을 포갰다. 그게 전부였다. 그것으로 그들은 약속을 한 것이다. 그는 굳은 맹세의 표시로 그녀에게 키스했다. 그녀는 마치 몹시 목이 말라 탐욕스럽게 물통을 잡고 물을 마시고 난 다음처럼 입맛을 다셨다. 처음에 그는 이 같은 천박한 태도를 보고 좀 놀랐지만, 그녀가 계속되는 그의 요구를 뿌리치자 차라리 안도했다. 그는 왜 그런지 이유를 알 수 없었고 이곳의 관습이나 위험성에 대해 모른 채, 궁금해하면서도 다른 기회를 기대하며 스스로를 위안했다. 그런데 그리지아가 건초 더미에서 보자고 말을 꺼냈다. 그가 문 앞에서서 작별 인사를 하자 그녀는 "얼른 다시 만나요."라고 대꾸하고는 그를 향해 미소 지었다.

집으로 돌아가는 길에 그녀와 있었던 일을 생각만 해도 행복해졌다. 뜨거운 음료를 마시고 뒤늦게 효과가 나타나기 시작한 것 같았다. 건초 헛간에서 만난다는 생각 — 묵직한 나무 문을 열고 다시 그 문을 닫는다. 돌쩌귀가 돌아가는 각도에 따라 점점 더 컴컴해진다. 이윽고 갈색 어둠이 깃든 땅바닥에 웅크린다. — 은 잔꾀를 생각해 낸 아이처럼 그를 즐겁게 했다. 호모는 그녀와 나눈 키스를 떠올렸고, 그녀가 입맛 다시는 소리를 느껴 보았다. 마치 그의 머리에 마법의 고리를 두른 듯했다. 다가올 일을 상상하다 보니 농부들의 식사 방식에 생각이 미쳤다. 이들은 입맛을 다셔 가며 한입 한입 그 맛의 진가가 어떤지를 음미하면서 천천히 씹는다. 춤을 출 때도 그런 식으로 한 발짝 한 발짝 움직인다. 그 밖의 다른 모든 일들도 마찬가지이리라. 이런 상상을 하다 들뜬 기분에 다리가 굳어져 신발이 땅에 박혀 버린 느낌이었다. 이곳 여자들은 눈을 내리깔고 다녔고 얼굴은 완전히 굳은 표정이어서 사내들의 호기심에 방해받지 않으려고 방독면을 뒤집어쓴 것 같았다. 여자들은 신음 소리도 내지 않고 죽은 척하는 풍뎅이처럼 꼼짝 않고 눈앞의 일에 온 신경을 집중했다. 그리지아도 마찬가지였다. 그리지아는 아직 그 자리에 남아 있던 겨울 건초를 신발 뒷굽 모서리로 긁어모아 한 무더기로 쌓더니, 스타킹 밴드의 매무새를 고치는 귀부인처럼 치맛자락 쪽으로 몸을 굽히면서 마지막으로 미소를 지어 보였다.

말이나 소, 죽은 돼지처럼 이 모든 것들은 너무나 단순했고 마법에 걸린 것 같았다. 호모와 그라지아가 기둥 뒤에서 일을 치르는데 밖에서 자갈길을 걷는 무거운 발소리가 또각또각 가까워지더니 그냥 지나쳐 갔다. 발소리가 희미해지자 그는 피가 거꾸로 솟는 듯했다. 하지만 그리지아는 발소리가 세 번만 울려도 벌써 이리로 오는 발걸음인지 아닌지를 알아

맞히는 것 같았다. 그녀는 마법의 언어를 지니고 있었다. 예를 들어 그녀는 나제(Nase)[4]를 노스라고 했고 바인(Bein)[5] 대신 쉔켈(Schenkel)[6]이라는 표현을, 슈르츠(Schurz)[7] 대신 쉬르체(Schürze)라는 말을 썼다. "대단혀유."라고 감탄하는가 하면, "자리에 좀 누워 있겄슈."라고 졸음 가득한 눈으로 말하기도 했다. 한번은 그가 다시는 오지 않겠다고 겁주자 웃으면서 "지가 찾아가면 되지유!"라고 말했다. 그때 호모는 자신이 놀란 건지 행복한 건지 알 수가 없었다. 그리지아가 "후회 안 해유? 많이 후회되지유?"라고 물은 것을 보면 그 사실을 눈치챈 게 틀림없었다. 그녀의 언어는 앞치마나 천의 무늬처럼, 그리고 스타킹 위쪽의 현란한 레이스 장식처럼 넓은 세계를 유랑하는 과정에서 이미 어느 정도 현대에 동화되긴 했지만, 여전히 신비스러운 손님 같은 단어들이었다. 그녀의 입에서는 그런 단어들이 술술 나왔다. 그 입에 입을 맞출 때면 이 여자를 사랑하는지, 아니면 그에게 기적이 일어났는지, 그리지아가 그를 진짜 연인과 영원히 묶어 주는 전령의 일부일 뿐인지 도무지 알 수가 없었다. 한번은 그리지아가 대놓고 "완전히 딴 생각을 하고 있구먼유. 보면 알어유."라고 말했다. 그가 핑곗거리를 찾자 "아, 그건 엑스트리게스퀴스여유."라고만 했다. 그게 무슨 뜻이냐고 물었지만 설명해 주지 않았다. 그래서 한참 머리를 짜내다가 결국 그녀에게 꼬치꼬치 캐물어 겨우 추

4 독일어로 '코'라는 뜻.

5 독일어로 '다리'라는 뜻.

6 독일어로 '허벅지'라는 뜻.

7 독일어로 '앞치마'라는 뜻.

측해 볼 수 있었다. 이백 년 전 이곳에는 프랑스 광부들이 살았고 그래서 한때는 그 말이 아마도 엑스큐즈(excuse, 무례 혹은 실례)를 뜻했던 모양이다. 그렇지만 뭔가 좀 더 진기한 다른 뜻일지도 모르겠다.

사람들은 이러한 경험을 강렬하게 느끼기도 하고 그렇지 않기도 한다. 삶에 확고한 원칙을 가진 사람이라면 이런 일쯤은 잠시 겪은 미학적 유희에 불과할 터다. 하지만 원칙 없는 사람이거나, 또는 있더라도 여행을 떠나온 호모처럼 원칙이 느슨해진 상태라면, 이 같은 낯선 경험이 고삐 풀린 원칙을 장악할 수도 있다. 그러나 뿌듯한 행복감을 주는 이 현상들은 호모에게 확고한 새 자아를 부여하지 못하고 그저 서로 무관한 아름다운 점들처럼 그의 몸, 숨구멍 이곳저곳에 들러붙었다. 왠지 모르지만 호모는 자신이 곧 죽으리라고 예감했다. 다만 언제 어떻게 죽을지를 몰랐을 뿐이다. 그의 지난 삶은 무력해졌다. 마치 가을이 다가오면서 점점 힘을 잃는 나비 같은 꼴이었다.

호모는 가끔 그리지아와 그런 감정에 대해 얘기를 나누었다. 그녀의 질문 방식은 독특했다. 질문을 해야 할 사명이라도 있는 양 존경심으로 가득 차 있었고 사심이라고는 조금도 없었다. 그리지아는 자기가 사는 산 너머에 호모가 자기보다도 더 사랑하고, 온 영혼으로 사랑하는 사람들이 있다는 사실을 당연하게 여기는 것 같았다. 호모는 이 사랑이 사그라들지 않고 더욱 강렬해지고 새로워짐을 느꼈다. 이 사랑은 퇴색하지 않고, 오히려 색이 짙어질수록 그를 현실에서 규정하거나 방해할 힘을 상실해 갔다. 이 사랑은 삶에 종지부를 찍고 죽음을 기다리는 사람만이 알 수 있는 특이한 방식으로, 마치 무중력 상태처럼 속세의 모든 굴레에서 해방된 느낌이었다. 이전의 그가 건강한 사람이었다면, 이제는 온전하지 않지만 갑자기 지팡이를 내던지고 분연히 걸어가는 사람처럼 마음속으로 꿋꿋이 일어설 수 있는 힘을 얻었다.

이런 강렬한 감정은 건초 수확기 때 극에 달했다. 이미 다 마른 건초를 한데 묶어서 산의 목초지로 옮기는 일만 남아 있었다. 호모는 공중그네처럼 높고 넓게 경사진 바로 옆의 언덕바지에서 이 모습을 바라보고 있었다. 초원에는 그녀 혼자뿐이어서 하늘이라는 거대한 유리 지붕 아래에서 보면 작은 얼룩무늬 인형처럼 보였다. 그녀는 할 수 있는 모든 방법을 동원해서 거대한 다발을 만들고 있었다. 우선 무릎을 꿇고 양팔로 건초를 끌어안았다. 매우 관능적인 자세로 볼록한 다발 위에 배를 대고 엎드리더니 다발 아래로 손을 뻗어서 감쌌다. 완전히 옆으로 누워, 한쪽 팔을 뻗칠 수 있는 한 쪽 뻗어 건초를 긁어모은 뒤 한쪽 무릎으로, 또는 양 무릎으로 기어 올라갔다. 호모는 그 모습이 어딘지 말똥구리나 풍뎅이 같다고 느꼈다. 마침내 그녀는 묶은 건초 아래로 몸을 쑥 밀어 넣더니 다발을 등에 지고 천천히 몸을 일으켰다. 알록달록한 옷차림을 한 자그마하고 가냘픈 그녀보다도 다발이 훨씬 컸다. 그 여자는 어쩌면 그리지아가 아니었을까?

호모는 그리지아를 찾으려고 시골 아낙들이 평평한 언덕 부분에 세워 둔 긴 건초 더미를 따라 위쪽으로 가 봤는데, 그들은 때마침 휴식 중이었다. 그 광경을 본 호모는 정신을 차릴 수가 없었다. 여자들은 피렌체 메디치가(家)의 예배당에 있는 미켈란젤로의 조각상들이 흐르는 물속에서 휴식을 취하듯 한 쪽 팔로 머리를 받친 채 건초 더미 위에 누워 있었다. 여자들은 호모와 이야기를 나누다가 침을 뱉어야 할 때면 상당히 기교를 부렸다. 손가락 세 개로 건초 한 다발을 뽑아서 깔때기 모양으로 벌리고는 침을 뱉고 그 위를 다시 건초로 채우는 것이다. 웃지 않을 수 없는 광경이었다. 그리지아를 찾는 호모처럼 이들과 한 패거리라 하더라도 이렇듯 상스러운 태도에는 놀라지 않을 수 없을 것이다. 그리지아는 좀처럼 이들과 잘 어울리지 않았다. 마침내 그리지아를 찾았을 때 그녀는 감자밭에 웅크리고 앉아서 그를 보고 웃었다. 몸에 걸친 것이라고는 치마 두 장뿐이라는 사실을 호모는 알았다. 메마른 흙이 그녀의 가늘고 거친 손가락 사이로 빠져나가 그녀 몸에 닿았다. 그러나 이런 생각은 이제 그에게 특별하지 않았다. 이상스럽게도 그의 내면은 마치 몸에 와닿는 흙처럼 벌써부터 그런 것에 친숙해져 있었다. 어쩌면 그가 이 밭에서 그리지아를 만난 때는 건초 수확기가 아니었는지도 모르겠다. 당시 호모의 삶은 매사가 그 정도로 뒤죽박죽 엉켜 있었다.

건초 헛간은 꽉 차 있었다. 기둥 사이사이로 은빛 햇살이 비쳐 들어왔다. 건초는 초록색으로 빛났고 문 밑으로 기어들어 온 햇살이 비치며 굵은 황금색 테두리를 이루었다.

건초에서는 시큼한 냄새가 났다. 그건 꼭 과일과 사람의 침을 반죽해서 만든 흑인 세계의 음료 같은 냄새였다. 원시인들 틈에서 산다는 생각만으로도 발효 중인 건초로 가득 찬 좁은 공간의 열기에 도취되었다.

어떤 자세로 있어도 건초는 잘 버틴다. 그 속에 허벅지까지 묻고 서 있으면 불안하기는 해도 탄탄하게 잘 받쳐 준다. 그곳에 누우면 신의 손바닥 안에 누운 듯해서 강아지나 새끼 돼지처럼 마구 뒹굴고 싶어진다. 그리고 초록 구름 속에서 승

천하는 성자처럼 거의 수직에 가까운 자세로 비스듬히 눕게 된다.

하루하루가 신혼이었고 승천의 나날이었다.

한번은 그리지아가, 앞으로는 못 만난다고 했다. 그 이유를 듣고 싶었지만 대답을 들을 수는 없었다. 입가의 결연한 표정과 평소라면 다음에는 어느 헛간에서 만나야 제일 멋질까 하는 문제로 고심하느라 찌푸린 양미간 사이에 생기던 작은 세로 주름이, 지금은 코앞으로 다가온 험악한 날씨를 예고했다. 그들 일이 세간의 입에 오르내리게 되었을까? 뭔가 눈치챘는지 그 수다쟁이 아낙네들은 재미난 구경거리라도 생겼다는 듯 계속 웃기만 했다. 그리지아에게서는 더 이상 아무것도 알아낼 수가 없었다. 그녀는 지금보다 좀 뜸하게 만나면 된다고 둘러댔다. 그러나 마치 의심 많은 농부처럼 말을 하면서도 경계하는 눈치였다.

어느 날 호모는 불길한 징조를 느꼈다. 각반이 풀어지는 바람에 담장 옆으로 가서 다시 매는데 그때 지나가던 웬 시골 아낙이 "양말은 흘러내린 채로 내버려 두시죠. 곧 밤이 될 텐데요, 뭘."이라고 말한 것이다. 밤중에 그리지아의 집 마당 근처에서 있었던 일이다. 호모가 그리지아에게 그 이야기를 하자 그녀는 도도한 표정으로 "사람은 입방아를 찧고 개울은 흐르는 법이니 그냥 내버려 두세유."라고 했다. 그러면서 침을 꼴깍 삼켰고 생각은 전혀 다른 데 쏠려 있었다. 호모는 불현듯 아즈텍 여자처럼 이상한 머리 모양을 한 시골 아낙이 떠올랐다. 그 여자는 어깨 너머까지 닿는 검은 머리를 풀어헤치고 통통하고 건강한 세 아이에게 둘러싸인 채 늘 자기 집 앞에 앉아 있었다. 그리지아와 호모는 그 여자에게 별 신경을 쓰지 않고 매일 그곳을 지나가곤 했다. 그 시골 아낙은 호모가 모르는 단한 사람이었고 외모가 눈에 띄었는데도 이상하게 그 여자에 대해 한마디도 물어본 적이 없었다. 언제 보아도 건강한 그 아이들의 삶과 그녀 얼굴에 드리운 순탄하지 않은 삶이 상쇄되는 것 같았다. 그러고 보니 마음이 불안한 까닭은 바로 그 여자 때문이라는 확신이 생겼다. 그리지아에게 그 여자가 누구냐고 물었지만 못마땅한 듯 어깨를 으쓱하더니 "그 여자는 자기가 무슨 말을 하는지도 몰라유. 여기서는 이 말을 하고 저기 산 너머에서는 저 말을 하니께유!"라고 내뱉었다. 그렇게 대꾸하면서 그런 여자의 말 따위는 곧장 묵살해 버려야 한다는 듯 격렬하게 이마를 훔쳤다.

마을 근처 건초 헛간으로 다시 오라고 해도 그리지아가 마음을 바꾸지 않자 호모는 더 높은 산으로 올라가자고 제안했다. 그녀는 거부하다가 결국 조금 수그러져서 "좋아유, 꼭 가야만 헌다면유." 하고 강조하듯 말했는데 나중에 생각하니 뭔가 다른 뜻이 있는 것 같았다. 화창한 아침이 새롭게 만물을 뒤덮었다. 멀리 마을 바깥쪽으로 구름의 바다, 사람들의 바다가 보였다. 그리지아는 불안한 마음에 호모와 멀찌감치 떨어져 집들을 빙 둘러서 갔다. 그리고 넓은 들판에 이르자 — 평소에 사랑을 나누기 위한 작전을 짤 때는 남이야 뭐라건 신경 쓰지 않고 매력을 뿜어내던 그녀가 — 사람들의 매서운 시선을 걱정하는 기색이 역력했다. 호모는 초초해졌고, 방금 지나온 곳이 한때 자기 일행이 폐광 재개 사업을 하려다가 곧바로 포기했던 낡은 갱임을 깨달았다. 그는 그리지아를 그 안으로 밀어 넣었다. 그가 마지막으로 몸을 돌려 뒤돌아봤을 때 산꼭대기에는 눈이 쌓여 있었고, 그 아래 곡식 다발을 묶어 놓은 작은 들판은 황금빛 햇살을 받고 있었다. 그리고 산과 들판 위로는 연푸른색의 하늘이 있었다. 그리지아는 또 무언가 암시적인 말을 했다. 그녀는 호모의 눈길이 닿는 곳이 어딘지 알아차리고는 "푸른 하늘일랑 차라리 그냥 예쁘게 저 위에 있으라고 하지유."라고 부드럽게 말했다. 그게 대체 무슨 뜻인지 물어본다는 걸 그는 깜빡 잊었다. 점점 좁아지는 어둠 속을 조심스럽게 더듬어 들어가는 중이었기 때문이다. 그리지아가 앞장섰다. 잠시 후에 갱도가 넓어져 작은 방 크기만 해졌을 때 그들은 멈춰 서서 포옹했다. 발밑 흙은 바짝 말라 느낌이 좋았다. 성냥불로 땅바닥을 살펴보아야 한다는 문명인다운 필요성을 전혀 느끼지 않은 채 그들은 누웠다. 그리지아는 다시 한번 부드럽게 마른 흙처럼 그의 몸으로 스며들었다. 그는 그리지아가 어둠 속에서 쾌락으로 몸이 굳어 있음을 느꼈다. 그러고는 나란히 누워 서로 대화를 나눌 생각은 못 하고 멀리 보이는 작은 사각형 구멍을 바라보았다. 그곳으로 한낮의 햇빛이 하얗게 비치고 있었다. 호모의 마음속에서는 이곳으로 올라오던 과정이 반복적으로 떠올랐다. 그리지아와 마을 뒤에서 만나 산으로 올라가다가 방향을 바꾸어 다시 이곳으로 올라오던 모습이. 또 무릎까지 올라온 파란 스타킹의 오렌지색 솔기가 보였고, 재미있게 생긴 신발을 신고 흔들거리는 그녀의 걸음걸이가 보였다. 갱 앞에 서 있는 그녀의 모습이 보였으며 작은 황금색 들판이 펼쳐진 정경도 보였다. 그런데 갑자기 환한 입구 쪽에서 그리지아의 남편 모습이 보였다.

호모는 시굴 작업에 투입된 이 남자를 한 번도 염두에 둔 적이 없었다. 이제 호모의 눈에는 교활한 사냥꾼 같은 어두운 눈빛에, 날카롭게 생긴 밀렵꾼의 얼굴이 보였다. 그리고 문득 전에 한번 그 남자가 지껄이는 소리를 들은 기억이 났다. 감히 들어가 볼 엄두도 안 나는 오래된 폐광에 들어간 뒤 있었던 일이다. 그는 "굉장한 구경을 했다니께. 나오는 길 찾기가 무척 힘들더라고."라고 말했었다. 호모는 재빨리 권총을 잡았다. 그런데 바로 그 순간 레네 마리아 렌치의 남편이 사라졌다. 주변은 칠흑처럼 어두워졌다. 그는 손으로 더듬어 출구를 찾았다. 그리지아는 그의 옷을 잡고 따라왔다. 그러나 누군가 그들 앞으로 바위를 굴려 출구를 막았고 호모는 그 바위를 밀어내기에는 턱없이 힘이 부족하다는 사실을 깨달았다. 무엇 때문에 그녀 남편이 그들을 한참 동안 그렇게 놔두었는지도 이제 알았다. 궁리를 하고 지렛대로 쓸 나무를 가져오려면 그만큼의 시간이 필요했던 것이다.

그리지아는 바위 앞에 무릎을 꿇고 애걸하며 미친 듯이 날뛰었다. 그러는 모양에 거부감이 들기도 했지만 결국은 헛수고였다. 그녀는 절대 부정한 일은 하지 않았으며 하지도 않겠노라고 맹세했다. 그녀는 돼지처럼 비명을 지르더니 정신이 나간 듯 겁먹은 말처럼 바위 쪽으로 달려갔다. 그는 마침내 이것이야말로 바로 자연의 섭리임을 깨달았다. 그러나 지식인인 그로서는 뭔가 돌이킬 수 없는 일이 일어났다는 이 믿기지 않는 현실이 그저 막막하기만 했다. 그는 벽에 기대어 손을 주머니에 넣고 그리지아에게 귀를 기울였다. 뒤늦게야 그는 자신의 운명을 인식했다. 꿈속에서처럼 그 운명이 몇 날, 몇 주, 몇 달 동안 자신을 들이덮쳤음을 새삼 다시 느꼈다. 아주 오랫동안 계속될 잠이 지금 막 시작되었음이 분명해 보였다. 그는 팔로 부드럽게 그리지아를 감싸고 그녀를 끌어당겼다. 그녀 옆에 누워 무엇인가를 기다렸다. 예전 같으면 그런 불가피한 감옥 안의 사랑을 물어뜯는 듯 날카로우리라고 상상했겠지만 지금은 그리지아에 대한 생각을 잊고 있었다. 여전히 그녀의 어깨를 느끼긴 했지만 그녀는 이미 그에게서 떠난 존재였다. 아니면 그가 그녀에게서 떠난 존재였다. 이제 모든 삶이 그에게서 너무 멀어져 버렸음을 알았지만 자신의 생명을 붙들어 둘 수는 없었다. 그들은 몇 시간 동안 꼼짝하지 않았다. 몇 날 밤이 지난 것 같았다. 그들은 극심한 허기와 갈증을 느꼈다. 또한 점점 약해지고 가벼워지고 점점 말이 없어졌다. 그들은 드넓은 바다만큼 오래 졸다가 작은 섬만큼 잠시 깨어났다. 한번은 몹시 눈이 부셔 잠깐 잠에서 깼다. 그리지아가 가 버렸다. 방금 전의 일이 분명했다. 그는 웃었다. 그녀는 빠져나갈 길이 있다는 말을 전혀 하지 않았다. 그를 내버려 두고 떠난 것이다. 남편을 배신하지 않았다는 증거로……! 그는 두 팔을 짚고 일어서서 주위를 둘러보았다. 그 역시 희미하게 비치는 가느다란 빛을 발견했다. 그는 빛을 향해 좀 더 가까이, 갱 안으로 깊숙이 기어 들어갔다. 그들은 줄곧 반대쪽만 보고 있었던 것이다. 그때 가느다란 틈이 보였는데 아마도 그 옆에 바깥쪽으로 통하는 길이 있는 듯했다. 그리지아의 몸은 가늘었지만 호모도 애를 쓴다면 간신히 빠져나갈 수 있을 것 같았다. 그것은 출구였다. 하지만 이 순간 삶으로 돌아가기에는 너무 쇠약해져 있었다. 어쩌면 삶으로 돌아가고 싶지 않았는지도 모르겠다. 아니면 정신을 잃었을지도.

바로 그 시간에, 모든 노고가 허사로 끝났음을 안 모차르트 아마데오 호핑고트는 산 아래쪽에서 작업 중지 명령을 내렸다.

포르투갈 여인

이들은 많은 문서에서 '카테네'라고 불렸고 '케텐 영주들'이라 불리기도 했다. 이들은 북방에서 와서 남방 문턱에 정착했다. 그리고 어느 쪽이 더 유리한가에 따라 독일인이라 했다가 로만인[8]이라 하기도 했지만 정작 스스로는 오로지 자기 자신일 뿐 어디에도 속하지 않는다고 생각했다.

브레너를 지나 이탈리아로 가는 큰길 옆, 브릭센과 트리엔트 사이 외딴 지역의 깎아지른 암벽 위에 그들의 성이 있었다. 높은 성 아래로는 세차게 흐르는 강이 있었다. 강물 소리가 어찌나 요란한지 창문 밖으로 고개를 내밀면 같은 장소에서 울리는 교회 종소리가 들리지 않을 정도였다. 바깥세상의 어떤 소리도 이 요란한 소리의 장막을 뚫고 카테네 성 안쪽으로 밀려들지 못했다. 하지만 이 못마땅한 소음을 무시하고 바깥을 내다보면 눈앞에 펼쳐진 천 길 아래 전망은 정신이 아찔할 정도로 놀라웠다.

8 이탈리아, 프랑스, 스페인 일대의 사람들을 일컫는다.

케텐족 영주들은 모두 매사에 정확하고 용의주도하여 인근 지역에서 이익이 될 만한 것은 무슨 일이 있어도 놓치지 않았으며 단번에 깊이 베는 칼처럼 다루기 어려웠다. 그들은 노여울 때 얼굴을 붉히거나 기쁠 때 발갛게 달아오르지 않았고, 노여울 때는 얼굴이 어두워지고 기쁠 때는 황금처럼 빛이 났다. 그 광채는 매우 아름다웠지만 그런 일은 아주 드물었다. 소문에 따르면 이들 모두에게는 몇 년이 흐르고 몇백 년이 흘러도 변치 않는 공통점이 있었다. 갈색 머리칼과 수염이 일찌감치 허옇게 세고 예순 살도 되지 않아 세상을 떠난다는 점이다. 또 하나의 공통점은 그들이 가끔 보여 주는 엄청난 힘은 눈과 이마에서 뿜어져 나온다는 것이다. 중간 정도 키에 호리호리한 체격에는 괴력이 깃들 만한 곳이 없었으니 역시 그럴 만하다. 사실 이런 말은 겁먹은 이웃 사람들이나 하인들의 입에서 나온 것이었다. 케텐 영주들은 할 수 있는 한 모든 것을 빼앗았다. 그런 일을 할 때면 상황에 따라 정직하게, 또는 무력으로, 혹은 교활하게 일을 추진했지만 언제나 침착하고 단호했다. 짧은 인생을 살면서도 결코 서두르는 법이 없었고 제 할 일을 다 하고 나면 미련 없이 자신의 삶을 마쳤다.

케텐족은 관습에 따라 인근에 정착해 사는 귀족과는 인척관계를 맺지 않았다. 먼 타지에서 돈 많은 여자들을 신붓감으로 데려왔는데 동맹국이나 적국을 선택할 때 어떤 이유로든 구속받지 않기 위해서였다. 12년 전에 아름다운 포르투갈 여인을 데려온 케텐 영주는 결혼할 당시 나이가 서른 살이었다. 결혼식은 외국에서 거행했다. 그리고 얼마 뒤 한창 꽃다운 나이의 아내는 해산을 앞두고 시종들과 하인, 말, 하녀들, 노새와 개들을 거느리고 방울 소리를 내며 긴 행렬을 이루어 카테네 땅의 국경을 넘었다. 1년의 신혼 생활이 단꿈처럼 흘러가 버린 것이다. 케텐족 남자들은 모두 기사도 정신이 풍부했지만 한평생 그런 모습을 보여 주는 때는 결혼을 한 그 한 해뿐이었다. 그들은 잘생긴 아들은 원했기에 아름다운 여자를 아내로 맞이했다. 그렇지 않았다면 자기 나라보다 세력이 약한 외국에서 아내를 맞지 않았을 터다. 그런데 이 한 해 동안 보여 주는 것이 진정한 모습인지, 나머지 세월 동안 보여 주는 것이 진정한 모습인지 그들 자신도 알 수가 없었다. 그들이 거의 목적지에 이르렀을 때 중요한 전갈을 가지고 달려오는 전령과 마주쳤다. 갖가지 색깔의 의상과 깃털 장식을 단 깃발을 앞세운 행렬은 지금껏 그래 온 것처럼 흡사 커다란 나비가 날듯이 앞으로 나아갔지만 이제 케텐 영주의 상황이 좀 달라졌다. 다시 아내 행렬을 따라잡아 합류한 그는 서두르지 않으려는 듯 아내 곁에서 천천히 말을 몰았지만 표정은 먹구름이 드리운 것처럼 어두웠다. 15분 정도면 도착할 거리에서 길을 꺾어 들자 성의 모습이 한눈에 들어왔고 이때 그는 힘겹게 말문을 열었다.

그는 아내에게 발길을 돌려 친정으로 돌아가라고 했다. 행렬은 발길을 멈추었다. 포르투갈 여인은 계속 성으로 가겠다고 고집을 부리며 간청했다. 그 연유나 들은 뒤에 돌아가도 충분하다는 것이었다.

트리엔트 주교들은 막강한 힘을 가진 사람들이어서 제국 법정은 그들에게 유리한 판결을 내렸다. 케텐족은 증조부 시대부터 땅 문제로 주교들과 계속 싸워 왔다. 어떨 때는 소송이 벌어지고 어떨 때는 상대의 요구를 받아들이지 않아서 피비린내 나는 싸움으로 번지기도 했다. 적의 우세한 힘에 굴복하는 쪽은 언제나 케텐족 영주들이었다. 평소에 예리한 판단으로 조금의 이익도 놓치지 않았던 그들은 어떻게 하면 유리한지 파악하려 했지만 이 일에서만큼은 빈번히 허탕을 쳤다. 그래서 부친은 아들에게 그 과업을 물려주었고 그들은 꺾일 줄 모르는 자부심으로 줄곧 때를 기다려 왔다.

그런데 지금 케텐 영주가 이익을 챙길 수 있는 좋은 기회가 온 것이다. 하마터면 이러한 이득을 놓칠 뻔했다고 생각하니 아찔했다. 막강한 힘을 지닌 귀족 세력이 주교에 맞서 항거했고, 주교를 습격하여 사로잡기로 합의를 보았다. 케텐 영주가 다시 돌아왔다는 사실이 알려지자 그가 이 싸움을 승리로 이끌리라는 소문이 돌았다. 한동안 그곳을 떠나 있던 케텐 영주는 주교의 힘이 어느 정도인지 알지 못했다. 그러나 싸움의 결말이 불확실한 채로 몇 년 동안 혹독하게 계속되리라는 점은 알았다. 또한 트리엔트를 먼저 제압하지 못하면 비참한 최후를 맞기까지 아무도 믿을 만한 사람이 없다는 사실도 잘 알았다. 아내와 같이 시간을 보내느라 그 기회를 놓칠 뻔했으니 아름다운 아내가 슬그머니 원망스러워졌다. 말 머리 하나 정도의 거리를 두고 뒤에 처져 아내와 나란히 말을 타고 가는 동안 아내는 사랑스러운 존재였다. 또한 그녀의 목에 걸린 목걸이의 수많은 진주알처럼 신비로운 존재였다. 아내와 나란히 말을 타고 가면서, 힘줄이 불거진 손을 오므려 오목한 손안에 그 진주들을 놓고 무게를 달아 본다면 그런 것쯤은 완두콩처럼 으깨어 버릴 수도 있으리라고 생각했다. 그럼에도 불구하고 진주는 손바닥 위에 안전하게 놓여 있으니 참 신기한 일이었다. 뙤약볕이 뜨겁게 내리쬐는 날들이 시작되면 겨울날 꿈꾼 가면무도회에 대한 생각은 접어 두듯이 이 신기한 마법은 새로운 소식으로 인해 머릿속에서 밀려났다. 눈앞에 기다리고 있는 것은 말안장 위에서 보내게 될 세월이었고, 그 세월 속에서 처자식은 낯선 존재로 사라질 터였다.

그사이에 말들은 성이 있는 절벽 발치에 이르렀고 모든 내막을 들은 포르투갈 여인은 이곳에 있겠다고 다시 한 번 분명히 뜻을 밝혔다. 성은 험준한 절벽 위에 우뚝 솟아 있었다. 가닥가닥 엉킨 머리털처럼 가지가 뒤틀린 작은 나무들이 바위 중턱 여기저기에 솟아 있었다. 우거진 나무들 위아래에서 불쑥불쑥 솟아난 산들은 파도가 일렁이는 바다만 보아 온 사람에게는 말로 표현하기 힘들 만큼 흉한 모습이었다. 대기는 완전히 싸늘하게 식어 버린 향신료 같았다. 초록 물감이 담긴 금 간 항아리 속으로 말을 타고 들어가는 듯한 정경이었다. 숲속에는 사슴과 곰, 산돼지와 늑대가 살았다. 어쩌면 일각수도 있을 것이다. 저 뒤쪽으로는 영양(羚羊)과 독수리가 살고 있었다. 용들은 그 끝을 가늠할 수 없는 깊은 협곡에 보금자리를 틀었다. 걸어서 가로지르자면 몇 주나 걸릴 만큼 넓고도 깊은 숲속에는 야생 짐승들의 발자국만 찍혀 있었다. 그리고 저 위, 산 능선에서 정령들의 세계가 시작되었다. 그곳에는 폭풍우와 구름을 몰고 오는 악령들이 살았다. 기독교인이라면 절대 그 위쪽 길로는 가지 않으리라. 혹시 호기심으로 그곳에 발을 들여놓는다면 재앙을 피할 길이 없었다. 겨울에 하녀들이 방에 모여서 낮은 목소리로 이런 얘기를 나눌 때 하인들은 비위를 맞추며 말없이 앉아 있거나 어깨를 으쓱해 보였다. 남자들의 생활에는 늘 위험이 따르다 보니 자기들도 언제 그런 일을 당할지 알 수 없었기 때문이다. 포르투갈 여인이 들은 얘기들 중 가장 신기한 이야기는 무지개 끝에 가 본 사람이 없듯이 높은 돌담 너머를 내다본 사람이 한 명도 없다는 것이었다. 그 담 뒤에는 겹겹이 또 담이 있고 담들 사이에는 돌들이 가득 찬 팽팽한 보자기 같은 구덩이들이 있었다. 돌은 집채만 한 것들도 있고, 발치에 있는 돌들은 아무리 작아도 머리통보다 컸다. 그것들은 도무지 하나의 세계로 엮을 수 없는 그런 세계였다. 이곳에 오기 전 그녀는 가끔 꿈을 꾸었는데 남편의 기질에 비추어 사랑하는 남편이 태어난 이 나라의 모습을 그려 보았고 그가 들려준 고향 얘기를 통해 남편의 기질을 상상하곤 했었다. 짙푸른 바다에 싫증이 난 그녀는 뜻밖의 것들로 긴장감이 가득한 나라를 기대했었다. 그런데 그동안 상상해 온 경이의 세계를 자신의 눈으로 직접 확인하자 모든 기대는 무너지고 흉측하다는 생각에 도망치고만 싶었다. 성은 꼭 닭장을 쌓아 놓은 것 같았다. 바위 위에 돌들이 쌓여 있었다. 곰팡이 슨 벽들을 보자 현기증이 날 것 같았다. 썩은 나무들, 눅눅한 나무줄기, 농기구와 무기, 마구간의 쇠사슬과 수레. 하지만 그녀는 이곳에 왔으니 이제 이곳 사람이었다. 어쩌면 그녀가 본 풍경은 그렇게 흉측하지만은 않고, 이제부터 익숙해져야 하는 남자들의 관습처럼 아름다운 광경일지도 모른다.

케텐 영주는 아내가 말을 타고 산에 오르는 모습을 보았지만 그녀를 멈춰 세우고 싶지 않았다. 아내의 그런 결정에 고마운 마음은 들지 않았다. 하지만 그녀의 행동은 그의 뜻을 어긴 것도, 그의 뜻에 굴복한 것도 아니었다. 그저 슬그머니 다른 곳으로 유혹하면서 그로 하여금 길 잃은 가련한 영혼처럼 묵묵히 그녀를 따라가도록 하는 어떤 것이었다.

케텐 영주는 이틀 후에 다시 안장에 올라앉았다.

11년의 세월이 흐른 지금도 여전히 말안장 위에서 보내는 시간이 많다. 트리엔트 기습은 준비가 소홀한 탓에 실패로 돌아갔다. 초반에 이미 기병대의 3분의 1이 희생되었고 병사들의 사기 또한 크게 꺾였다. 퇴각하면서 부상을 입은 케텐 영주는 곧장 집으로 돌아가지 않고 이틀 동안 농가에 숨어 있다가 다시 말을 타고 성으로 달려가면서 부하들의 저항을 독려했다. 회의와 작전 준비 과정에 너무 늦게 합류한 그는 기습에 실패하자 이 일에 집요하게 매달렸는데, 마치 개가 황소의 귀를 물고 늘어지는 것 같은 모양새였다. 그는 전열을 재정비하기 전에 주교의 세력이 반격해 오면 어떤 일이 벌어질지 지휘관에게 설명하며 지원을 망설이거나 인색하게 구는 사람들을 설득하여 자금을 받아 냈다. 지원군을 불러 모아서 무장시켰으며 귀족을 대표하는 야전 사령관으로 선출되었다. 처음 며칠 동안은 상처에서 계속 피가 나서 매일 두 번씩 붕대를 갈아주어야 했다. 말을 타고 달리거나 회의를 하는 동안, 매주 하루씩 전장에서 멀리 떨어져 있는 동안에 분명 불안에 떨고 있을 신비한 포르투갈 여인을 생각했는지 아닌지는 그 스스로도 알 수가 없었다.

그는 부상 소식이 알려지고 닷새나 지난 다음에야 포르투갈 여인에게 돌아왔지만 그나마 하루밖에 머물지 않았다. 그녀는 아무것도 묻지 않고, 날아가는 화살이 과녁을 맞힐지 지켜보는 사람처럼 그저 말없이 그를 바라보았다.

그는 모을 수 있는 남자라면 소년이라도 가리지 않고 최후의 한 명까지 불러 모아서 성의 방어 태세를 살피고 정비했으며 명령을 내렸다. 그날은 하인들이 떠들어 대는 소리, 말 울음소리, 나무 나르는 소리, 쇠 부딪는 소리와 돌 쌓는 소리가 진동한 하루였다. 밤이 되자 그는 다시 말을 타고 떠났다.

케텐 영주가 사람을 대하는 태도는 고귀한 이를 대할 때처럼 다정하고 부드러웠으나 눈빛만은 강렬해서, 마치 투구라도 쓴 듯 눈빛만 형형했다. 강렬한 눈빛이 곧게 뻗어 나왔다. 작별할 시간이 되었을 때 포르투갈 여인은 갑자기 여자로서의 감정을 억누르지 못하고, 다른 것은 몰라도 상처를 씻고 붕대를 새로 감아 줄 수 있게 해 달라고 간청했다. 그러나 허락하지 않았다. 그는 필요 이상으로 서둘러 작별 인사를 했으며 헤어질 때 웃음을 지어 보였다. 그녀 역시 웃었다.

적의 전투 방식은 상황에 따라 달라졌는데 때로는 주교복을 걸친 엄격한 귀족 신분에 맞게 위협적이었고, 간교한 주교복이 가르쳐 준 바인지 모르겠지만 관대하면서 음험하고 또 집요하기도 했다. 지원군을 끌어모으기에 지위와 세력이 좀 부족하다 싶을 때도 있었다. 그럴 때는 부와 재산을 주겠다는 약속이 마지막 순간까지 망설이던 사람들에게 서서히 효과를 발휘했다. 이 전투는 결전을 피하는 방식이었다. 저항이 극에 달하면 몸을 사렸고 저항이 수그러들면 집요하게 물고 늘어졌다. 그래서 가끔 성이 포위당하는 일도 있었다. 제때 포위망을 풀지 못하면 피투성이 살상전을 치르고 성이 함락되기도 했다. 가끔은 몇 주일씩 군대가 마을에 주둔해도 농부들의 소 한 마리가 쫓겨 도망간다든지 닭 몇 마리가 죽는 일 외에 별다른 일이 없을 때도 있었다. 몇 주가 흘러 여름이 지나고 또 겨울이 되었다. 계절이 몇 차례 바뀌더니 또 몇 해가 지났다. 두 세력은 서로 격투를 벌였다. 한쪽은 거칠고 전투심에 불타올랐지만 힘이 약했고 다른 쪽은 느리고 연약하지만 세월의 무게로 끔찍하게 무거워진 몸처럼 감당하기 어려웠다.

케텐 영주는 그 점을 잘 알았다. 그는 지치고 쇠약해진 기사들이 불시에 내린 공격 명령으로 마지막 남은 힘까지 소진하지 않도록 온갖 노력을 기울였다. 적의 허점을 노리며 전환점이 오기를, 예상 밖의 우연한 사건이 기적을 가져다주기를 애타게 기다렸다. 그의 부친과 조부도 그렇게 기다렸었다. 긴긴 세월 기다리다 보면 좀처럼 일어나기 힘든 일이 실현되기도 하는 법이다. 그는 11년을 기다렸다. 저항 의지를 잃지 않으려고 11년이라는 세월을 말안장에 올라 귀족들의 본거지와 전쟁터를 오가며 보냈다. 겁쟁이 지휘관이라는 비난을 듣지 않으려고 수많은 소소한 전투를 치르면서 대범한 용장이라는 명성을 쌓아 갔다. 부하들의 분노를 부채질하기 위해 가끔 피비린내 나는 전투를 이끌기도 했지만 그 역시 주교처럼 결전은 피했다. 때로 가벼운 부상을 입기도 했는데 집에 머문 시간은 단 두 차례, 열두 시간이 전부였다. 전투와 떠돌이 생활로 그의 몸은 온통 딱지로 뒤덮였다. 지친 육체는 한번 앉으면 다시 일어서기 힘든 법이기에 집에 더 오래 묵기가 두려웠을 것이다. 고삐에 매인 채 날뛰는 말, 남자들의 웃음소리, 횃불, 희미하게 초록빛을 발하는 숲속 나무들 사이사이로 황금빛 나무줄기처럼 솟아오르는 모닥불의 불기둥, 비 오는 날 풍기는 냄새, 욕지거리, 허풍 떠는 기사들, 부상자들 옆에서 킁킁거리는 개, 들쳐 올려진 여자들의 치마와 이에 놀라는 농부들의 모습. 그 세월 동안 그의 재밋거리는 그런 것들뿐이었다. 이 와중에도 그는 호리호리하고 멋있는 체격을 유지했다. 갈색 머리칼에는 희끗희끗 흰머리가 보이기 시작했지만 얼굴은 나이를 잊은 듯했다. 거친 농담에 대꾸해야 할 때면 제법 사나이답게 받아쳤지만 그럴 때도 눈빛만은 동요하는 기색이 없었다. 병사들의 군기가 빠졌을 때는 황소를 부리는 머슴처럼 그들

틈에 끼어 분위기를 띄울 줄도 알았다. 결코 언성을 높이는 일이 없었다. 목소리는 조용했고 말은 간단했다. 병사들은 그런 그를 무서워하면서도, 절대 분노에 사로잡히는 일이 없는 사람이라고 여겼다. 하지만 화가 나면 눈에서 빛이 뿜어져 나오고 분노로 안색이 어두워지곤 했다. 전투 중에는 자기 자신을 잊어버렸다. 그럴 때 그에게서는 폭력적이며 상처를 입히는 온갖 거친 행동이 터져 나왔다. 싸움에 취하고 피에 취해 스스로 어떤 행동을 하는지 알지 못했지만 그가 한 일은 언제나 옳았다. 그래서 병사들은 그를 신처럼 떠받들었다. 그런데 그가 주교에 대한 증오심 때문에 악마에게 영혼을 팔았으며, 아름다운 외국 여인의 모습으로 그의 성에 머물고 있는 악마를 남몰래 찾아간다는 소문이 돌기 시작했다.

케텐 영주는 처음 그 말을 들었을 때 기분이 언짢은 기색을 보이지도 않았고 웃지도 않았다. 오히려 너무 기쁜 나머지 얼굴이 화사하게 밝아졌다. 가끔 전투지의 모닥불이나 농가 화덕에서 활활 타오르는 불을 쬐며 앉아 있을 때, 비에 젖어 뻣뻣해진 가죽이 다시 부드러워지듯 유랑으로 보낸 하루가 온기 속에서 녹아들 때면 사색에 잠겼다. 그는 트리엔트 주교를 생각했다. 주교는 유식한 성직자들에게 둘러싸여 아마포 위에 누운 채로 화가에게 초상화를 그리게 하고 있으리라. 주교가 그러는 동안 그는 주교 주변을 늑대처럼 맴돌고 있었던 것이다. 케텐 영주도 그렇게 할 수 있었다. 성에는 정신 수양을 위해 사제를 임명해 두었다. 또 책을 읽어 줄 서기도 있었고 어릿광대 시녀도 한 명 있었다. 음식으로 향수를 달래려고 멀리서 데려온 요리사도 있었다. 여행 중인 학자들과 학생들을 맞아들여 며칠 동안 그들의 대화에 귀 기울이며 기분 전환을 하기도 했다. 벽을 장식할 값비싼 양탄자와 천들도 들여 왔다. 다만 자신이 집에서 멀리 떠나와 있을 뿐이었다. 과거에 1년 동안 타지를 여행할 때 그는 농담과 아첨으로 근사한 말솜씨를 뽐냈었다. 강철이건 독한 포도주건, 말(馬)이건 분수 물줄기건 잘 만들어진 것에는 지성이 깃들어 있듯 카테네 사람들 역시 지성의 소유자였기 때문이다. 그러나 당시 그의 고향은 먼 곳에 있었고 그의 진정한 본질은 몇 주일 동안 말을 타고 달려도 도달하지 못하는 어떤 것 같았다. 지금도 이따금씩 점잖지 못한 말을 했지만 그건 말이 마구간에서 쉬는 동안 뿐이었다. 밤이 되면 돌아왔다가 아침이면 말을 타고 떠나거나 아니면 아침 종이 울릴 때부터 삼종 기도를 알리는 종소리가 울릴 때까지만 머물렀다. 그는 흡사 오랫동안 지니고 다닌 물건 같은 사람이었다. 그녀가 웃으면 때때로 그 물건도 웃었고, 그녀가 가면 물건도 함께 갔다. 그녀 손이 닿으면 그 손길을 느꼈다. 그러나 아내가 높이 고개를 들어 쳐다보면 말없이 시선을 피했다. 그가 한 번쯤 더 오래 머물렀다면 자신의 본래 모습을 보여 주었으리라. 그는 단 한 차례도 나는 이렇다, 혹은 저렇다고 말한 기억이 없다. 그저 사냥, 모험, 자기가 한 일들에 대해 얘기해 주었을 뿐이다. 그녀 역시 다른 젊은 여자들처럼 이런저런 일들에 대해 어떻게 생각하는지 그에게 물은 적 없고, 자기가 더 나이 들었을 때 어떻게 되었으면 좋겠다는 둥 바람에 대해서도 얘기한 적 없었다. 그녀는 장미꽃이 피어나듯 조용히 자신을 열어 보였다. 언젠가 그녀가 여행 채비를 끝내고 아주 생기 있는 얼굴로 교회 계단에 서 있었다. 마치 저편의 삶으로 데려다줄 말을 타기 위해서 돌 위에 올라 있는 모습 같았다. 아내가 낳아 준 두 자식에 대해서도 별로 아는 바가 없었다. 그러나 두 아들은 말귀를 알아듣기 시작한 뒤로, 그 작은 귀에도 명성이 자자한 멀리 있는 아버지를 열광적으로 사랑했다. 둘째 아들이 태어나던 날 저녁의 기억은 묘했다. 집에 돌아왔을 때 아내는 짙은 회색 꽃무늬가 있는 부드러운 연회색 옷을 입고 있었다. 밤이라 검은 머리는 땋아 내렸다. 아름다운 코는 신비로운 그림들이 그려진 책을 비추는 불빛을 받아 노란빛 속에서 오뚝 솟아 보였다. 마치 마법을 보는 것 같았다. 많은 주름이 도랑처럼 흘러내리는 치마에 풍성한 가운을 걸치고 조용히 앉은 그 자태는 스스로 솟아올랐다가 제자리로 낙하하는 분수의 물줄기 같았다. 그런데 분수 물줄기가 마법이나 기적이 아닌 다른 무언가를 통해 구원받을 수 있을까? 스스로 지탱하지만 흔들리는 삶에서 완전히 빠져나올 수 있을까? 그는 아내를 안아 주고 싶은 마음이 들었지만 마법 같은 저항에 부딪혀 그러지 못했다. 그런 일은 일어나지 않았다. 오히려 다정한 행동이 더 섬뜩하지 않은가? 그녀는 조용히 들어오는 그를 바라보았다. 그녀의 모습은 오랫동안 가지고 있었지만 한동안 입지 않던 외투를 다시 입고 어색해하는 사람 같았다.

반면 그에게 익숙한 생활은 전략이나 정치적 기만, 분노와 살생이었다! 모든 사건은 이전에 일어난 다른 사건 때문에 일어난다. 주교는 금화를 믿었고 케텐 영주는 귀족들의 저항 정신을 믿었다. 명령은 분명하다. 이런 삶은 명백하고 확고부동하다. 갑옷이 밀려났을 때 목덜미 아래를 창으로 찌르는 일은, 손가락으로 가리키며 '이거다!'라고 말하는 것만큼이나 간단한 일이다. 그러나 또 하나의 삶은 달만큼이나 멀고 낯설다. 케텐 영주는 그 낯선 삶을 내심 사랑했다. 규칙이나 재정

운영, 부의 축적에는 흥미가 없었다. 다른 나라의 영토를 빼앗으려고 몇 년째 싸우고 있지만 그가 갈망하는 것은 승리를 통한 평화가 아니었다. 진정 여기서 벗어나고 싶었다. 케텐족의 힘은 이마에 깃들어 있었다. 묵묵히 보여 주는 그들의 행동은 이마에서 솟아 나왔다. 아침에 말안장에 앉을 때마다 굴복하지 않았다는 행복감을 느꼈다. 그러나 저녁에 안장에서 내릴 때면 종일 무리하게 일하느라 감각이 없을 만큼 온몸이 뻣뻣해지는 날이 많았다. 뭔가 이름 붙일 수 없는 아름다운 존재가 되기 위해 하루 종일 온 힘을 다 쏟아붓고도 이루지 못한 기분이었다. 위선적인 주교는 케텐에게 몰리면 신에게 기도라도 할 수 있었지만 케텐이 할 수 있는 일이라고는 꽃이 만발한 들판을 달리다가 말이 반항하고 요동치면 박차를 가해 말을 달래며 달리는 것뿐이었다. 그러나 이럴 수 있다는 사실이 기분 좋았다. 자기와는 다른 삶을 모른다 해도 살아가는 데는 문제가 없으며, 죽고 사는 일은 다 마찬가지니 말이다. 이런 삶은, 가만 들여다보면 불속으로 살그머니 들어가는 일, 꿈을 꿔서 뻣뻣해진 몸을 일으켜 뒤돌아봤을 때 사라져 버리는 것들을 부정하고 몰아내 버렸다. 케텐 영주는 자신에게 온갖 짓을 저지르게 하는 주교를 생각할 때면 뒤엉킨 실타래처럼 마음이 뒤죽박죽이었다. 이것을 풀 수 있는 방법은 기적뿐이었다.

아내는 그림책을 보지 않을 때는 성을 도맡아 관리하는 나이 든 하인을 불러 그와 함께 숲을 걸었다. 숲은 자신을 열어 보이지만 그 영혼은 주춤 뒤로 물러난다. 그녀는 나무들을 헤치고 바위로 기어 올라갔다. 짐승들과 그들의 발자국을 보았지만 그녀가 집으로 가져오는 것은 소소하지만 놀라운 경험과 어려움을 극복한 일, 작은 호기심을 충족시킨 일들뿐이었다.

이런 것들은 숲 밖으로 가지고 나오면 긴장감을 잃었다. 이 나라에 오기 전에 알았던 이야기에서처럼, 초록 숲은 그녀가 더 깊숙이 들어오지 않으니 등 뒤에서 금세 다시 닫혀 버리고 말았다. 그런 중에도 그녀는 형식에 얽매이지 않고 성의 질서를 잘 유지해 나갔다. 그러나 바다를 본 적이 없는 두 아들을 그녀의 자식이라고 할 수 있을까? 가끔 아이들이 어린 늑대 같다는 생각을 했다. 한번은 누군가가 숲에서 어린 늑대 한 마리를 잡아 와 바쳤다. 그녀는 이 늑대를 키웠다. 늑대와 덩치 큰 개들은 서로 아무 신호도 주고받지 않았고, 마음에 들지 않지만 내버려 두자는 분위기였다. 늑대가 마당을 거닐 때 개들은 몸을 일으켜 늑대를 보았지만 짖거나 으르렁대지는 않았다. 늑대 역시 개들을 흘끗 보고 앞만 보면서 갈 뿐, 눈에 띄지 않으려고 천천히 걷거나 뻣뻣하게 걸어가는 일 따위는 없었다. 늑대는 애정이나 친밀감을 표현하지 않았지만 어딜 가든 여주인을 따라다녔다. 가끔은 강렬한 눈빛으로 그녀를 응시하기도 했다. 그러나 그 눈은 아무런 말도 하지 않았다. 그녀가 이 늑대를 사랑한 이유는 늑대의 힘줄, 갈색 털, 은밀한 야성과 강렬한 눈빛이 케텐 영주를 생각나게 했기 때문이었다.

드디어 기다리던 순간이 왔다. 주교가 병으로 쓰러지더니 세상을 떠난 것이다. 주교의 세력은 주인을 잃었다. 케텐은 재산을 팔고 땅을 담보로 돈을 마련했다. 그리고 모든 방법을 동원해서 자기 휘하의 부대를 편성했다. 그러고는 주교 세력과 협상을 벌였다. 주교 세력은 차기 지도자가 결정되기도 전에 새롭게 무장한 군대와 싸움을 계속할지 끝내야 할지 하는 선택의 기로에 섰고, 후자를 선택했다. 마지막까지 주교 세력을 강력하게 위협하던 케텐이 대부분의 이익을 차지하자, 주교 세력은 힘없고 겁 많은 자들의 돈으로 손실을 메우는 수밖에 없었다.

매일 아침 식사 때마다 마주하는 식당 벽과 같았던 4대에 걸친 싸움이 드디어 종지부를 찍었다. 느닷없이 그 벽이 없어져 버렸다. 지금까지 그의 생활은 다른 케텐족과 다를 바 없었다. 이제 케텐 영주에게 남은 일은 마무리와 정리뿐이었다. 그러나 그것은 기술자들의 일이지 영주들의 몫은 아니었다.

말을 타고 집으로 돌아가는 길에 파리 한 마리가 그를 쏘았다.

순식간에 손이 부어올랐고 극심한 피로가 몰려왔다. 그는 마을에 있는 작고 초라한 술집으로 들어갔다. 지저분한 탁자에 몸을 기대자 졸음이 밀려들었다. 탁자 위에 엎드려 잠을 자고 저녁 무렵 눈을 떴을 때 몸에서 열이 났다. 급한 일이 있었으면 말을 타고 떠났겠지만 서두를 일은 없었다. 이튿날 아침 그는 말에 오르려다가 너무 기운이 빠져서 쓰러지고 말았다. 어깨가 부어올라 가까스로 갑옷을 입었지만 팔을 빼고 죔쇠를 다시 풀어야 했다. 선 채로 죔쇠를 푸는 동안 그의 몸에 오한이 엄습했다. 그런 오한은 단 한 번도 겪어 본 적이 없었다. 근육이 경련을 일으켜서 한 손으로 다른 손을 잡을 수도 없을 만큼 떨렸다. 반쯤 풀린 죔쇠가 폭풍우에 찢긴 처마의 홈통처럼 딸가닥거렸다. 그 모양이 어딘지 우스꽝스러웠고 딸가닥거리는 소리에 화가 났지만 웃어넘겼다. 두 다리는 어린아이처럼 힘이 없었다. 그는 아내와 외과 의사, 그리고 용하다는 다른 의사에게도 사람을 보냈다.

외과 의사가 먼저 도착해서 뜨거운 약초 찜질을 하더니 상처 부위를 절개해야 한다고 했다. 집에 가고 싶은 마음에 더욱 초조해진 케텐은 그렇게 하라고 허락했다. 금세 원래 상처의 절반만 한 상처가 새로 생겼다. 이상하게도 통증이 도무지 가라앉지 않아서 참을 수가 없었다. 케텐 영주는 이틀 동안 약초에 적신 붕대를 감고 누워 있다가 머리끝에서 발끝까지 천으로 몸을 감싼 채 집으로 실려 왔다. 이 행군은 꼬박 사흘이 걸렸다. 그래도 몸의 면역력을 소진시켜 죽음으로도 이끌 수 있었던 이 극단적인 치료법이 병세를 좀 누그러뜨린 것 같았다. 집에 도착했을 때는 독파리에 쏘인 케텐의 몸에 열이 올라 불덩이처럼 뜨거워졌지만 고름은 더 이상 퍼지지 않았다.

신열은 불타는 초원처럼 몇 주 동안 계속되었다. 환자는 그 불길 속에서 날마다 점점 더 녹아내렸다. 그러나 고약한 독 역시 불길 속에서 증발되는 듯했다. 용하다는 의사조차도 이 병에 대해서는 할 말이 없었다. 포르투갈 여인은 문과 침대에 은밀하게 부적을 붙였다. 어느 날 케텐 영주의 몸이 죽음을 앞둔 듯 부드럽고 뜨거운 재로 가득 찬 형상처럼 되었을 때 갑자기 열이 뚝 떨어졌다. 그러나 그의 몸에 아직 불씨가 남아 있는 양 부드럽고 잔잔하게 미열만 감돌았다.

통증이 견딜 수 없을 만큼 심했던 점도 기이했지만 환자는 이후에도 이 세상 사람이 아닌 듯, 제대로 산다고 할 수 없는 상태였다. 종일 잠을 자는가 하면, 눈을 뜨고 멀거니 있었다. 의식이 돌아왔다 해도 아이처럼 미열이 있었고 의욕 없고 무기력한 몸은 이미 그의 몸이 아닌 듯했다. 입으로 한 번만 훅 불어도 날아갈 것 같은 이 나약한 영혼 또한 그의 것이 아니었다. 이미 저세상 사람임이 분명했으며 그 시간 내내 어딘가에서 현세로 다시 돌아가야 할지 말지를 기다릴 뿐이었다. 죽음이 이렇게나 평화로울 수 있다는 사실을 전에는 결코 알지 못했다. 그의 본질 일부가 먼저 죽었고 그는 순례자의 행렬처럼 해체되어 갔다. 몸은 아직 침대 속에 있고, 침대는 여전히 그 자리에 있었다. 아내는 몸을 굽혀 그를 내려다보았다. 그는 호기심에서 재미 삼아 그녀의 세심한 표정을 관찰했다. 그러는 동안 그가 사랑했던 것들은 모두 훨씬 앞질러 사라지고 있었다. 케텐 영주와 달밤의 마녀가 그의 내부에서 빠져나와 서서히 멀어져 갔다. 그의 눈에 여전히 아내가 보였다. 몇 발짝만 뛰면 그녀를 따라잡을 수 있을 것 같았다. 다만 지금 자신이 있는 곳이 그들 옆인지 아직 저승인지 몰랐을 뿐이다. 이 모든 것은 요람처럼 푸근하고 관대하지만 동시에 잘잘못을 가차 없이 따지는 커다란 손안에 있었다. 그것은 신일 수도 있었다. 그는 의심하지 않았다. 그렇다고 이런 사실에 흥분하지도 않았다. 잠자코 때를 기다렸다. 그리고 그를 내려다보며 미소 짓는 얼굴에도, 다정한 말에도 대답하지 않았다.

그러던 어느 날 살기 위해 모든 의지를 모으지 않으면 그 날이 생의 마지막 날이 되리라는 사실을 예감했다. 열이 내린 것은 바로 그날 저녁이었다.

이 첫 번째 호전을 느꼈을 때 그는 날마다 작은 초록 풀밭으로 데려가 달라고 했다. 그곳은 담 없이 툭 튀어나온 바위 위에 생긴 작은 풀밭이었다. 이불로 몸을 감싸고 햇빛을 받으며 그 풀밭에 누워 있었다. 자다 깨다 하면서 자신이 자는지 깨어 있는지 알 수가 없었다,

어느 날 잠에서 깨어났을 때 늑대가 옆에 서 있었다. 늑대의 날카로운 눈을 보니 꼼짝도 할 수 없었다. 시간이 얼마나 흘렀을까, 이번엔 아내가 늑대 옆에 서 있었다. 그는 아직 잠에서 깨지 않은 척 다시 눈을 감았다. 침대로 옮겨졌을 때 석

궁을 달라고 했는데 너무 쇠약해져서 활을 당길 수가 없었다. 그는 깜짝 놀랐다. 손짓으로 하인을 불러 석궁을 주고 늑대를 쏘라고 명령했다. 하인이 망설이자 그는 어린아이처럼 화를 냈다. 그날 저녁 성 마당에는 늑대 가죽이 걸려 있었다. 그것을 본 포르투갈 여인이 하인에게 자세한 내막을 들었을 때 온몸의 피가 멈추는 듯했다. 그녀는 남편의 침대로 갔다. 그는 창백한 얼굴로 누워서 그녀의 눈을 들여다보았다. 그녀는 웃으며, 그 가죽으로 내 모자를 만들고 나는 밤에 당신의 피를 빨겠어요, 라고 했다.

그 후 케텐 영주는 사제를 해고하려 했다. 사제는 언젠가 이렇게 말한 적이 있었다. "주교는 신에게 기도할 수 있습니다. 그것이 영주님께는 위험한 일이지요." 그렇지만 사제는 훗날 그에게 병자 성사를 해 주었다. 해고는 바로 실행되지 않았다. 포르투갈 여인이 중간에 개입해서 사제가 다른 일자리를 구할 때까지만 참아 달라고 간청했던 것이다. 케텐 영주는 아내의 뜻을 받아들였다. 그는 여전히 쇠약했고 여전히 풀밭에서 햇빛을 받으며 오랫동안 잠을 잤다. 언젠가 풀밭에서 눈을 떠 보니 젊은 남자가 와 있었다. 그는 포르투갈 여인 옆에 서 있었다. 그녀의 고향에서 온 어릴 적 친구였다. 이곳 북방에서 보니 두 사람의 생김새가 비슷해 보였다. 친구는 귀족의 예를 갖추어 인사했고 표정으로 보아 매우 다감한 말이 오가는 것이 분명했다. 반면 케텐은 개처럼 풀밭에 누워 있는 자신이 수치스러웠다.

이 일은 그들이 두 번째 만났을 때 일어났는지도 모르겠다. 그만큼 그의 정신은 혼미한 상태였다. 자기 모자가 너무 커졌다는 사실도 뒤늦게야 알았다. 항상 좀 끼었던 부드러운 모피 모자가 살짝만 잡아당겨도 귀밑까지 내려왔다. 셋이 함께 있는데 아내가 "세상에, 당신 머리가 작아졌어요!" 하고 말했다. 혹시 머리칼을 너무 짧게 자르지 않았나 하는 생각이 먼저 들었다. 순간 이발한 게 언제인지 알 수가 없었다. 그는 몰래 손으로 머리를 만져 보았다. 머리칼은 생각보다 길었고 앓아누운 이후로는 손질도 하지 않은 상태였다. 그러니 모자가 늘어났으리라고 생각했다. 하지만 쓰지도 않고 함에 넣어 두어 새것이나 다름없는 모자가 어떻게 늘어날 수 있다는 말인가? 그래서 군인들하고만 생활하느라 교양 있는 신사분들과 지내지 못한 몇 년 사이에 두개골이 작아진 모양이라고 농담을 했다. 말을 하고 보니 참 재미없는 농담이라는 생각이 들었다. 그런다고 의문이 풀리지도 않았다. 대체 두개골이 작아질 수 있는 건가? 혈관이 약해지거나 열 때문에 두피 아래 지방질이 좀 녹을 수는 있을 것이다. 그렇다 한들 어떻게 이런 일이 가능하다는 말인가? 가끔 머리칼을 쓰다듬는 척, 땀을 닦는 척 슬쩍 머리를 만져 보았다. 아무도 모르게 그늘 쪽으로 몸을 돌리고는 두 손가락을 미장이가 쓰는 컴퍼스처럼 놀려 재빨리 두개골 이쪽저쪽을 재어 보기도 했다. 역시 머리가 작아졌음은 분명했다. 속으로 이런저런 생각을 하면서 머리를 만져 보니 더 작아져 있었고 그건 마치 얇고 작은 접시 두 개를 포개 놓은 것 같았다.

아내가 친구와 대화를 할 때 알아들을 수 없는 말이 많았지만 신경 쓰지 않았다. 케텐 영주는 그가 잠든 줄 알고 이야기를 나누는 두 사람에게 귀를 기울였지만 다 알아듣지는 못했다. 그 외국어라면 몇 마디만 빼고 잊은 지 오래였다. 어떤 말은 온전히 이해했는데 "당신은 하고 싶은 것은 못 하고 원치 않는 일을 하는군."이라는 얘기였다. 그 말투는 농담이라기보다는 독촉하는 것 같았다. 친구는 무슨 말을 하고 싶었던 것일까? 그들의 대화를 두 번째로 목격한 것은 창밖으로 몸을 내밀어 강물 소리를 듣고 있을 때였다. 가끔 놀이를 하듯 그렇게 하곤 했다. 그러다 강물 소리가 뒤죽박죽 쌓아 놓은 건초 더미처럼 어지러워지면 귀를 막았다. 귀에서 손을 떼었을 때, 멀리서 아내가 그 남자와 얘기하는 소리가 희미하게 들려왔다. 대화는 활기 있었고 그들의 영혼은 서로 잘 교감하는 듯했다. 세 번째 일은 밤에 마당을 거니는 두 사람을 뒤따라갔을 때였다. 그들이 성 위 옥외 계단에 걸린 횃불 곁을 지나갈 때 나무 꼭대기에 그들 그림자가 비쳤다. 그는 재빨리 몸을 굽혔다. 나뭇잎들 속에서 희미한 두 그림자가 자연스럽게 하나가 되었다. 다른 때 같았으면 하인들과 말을 타고 달리면서 몸 밖으로 독기를 빼거나 술로 털어 버리려 했을 것이다. 그러나 사제와 서기가 포도주와 음식을 질질 흘려 가며 먹고 마셔 대는 통에 그럴 마음이 사라져 버렸다. 젊은 기사는 마치 개한테 싸움을 부추기듯 웃으면서 술병을 흔들어 보였다. 케텐은 편협하고 말만 번드르르한 무뢰한들이 퍼마시는 포도주라면 구역질이 났다. 그들은 천년 제국에 관해서, 또 골치 아픈 문제, 잠자리에서 나오는 음담패설에 대해 이야기했다. 때로는 독일말로, 때로는 교회에서 쓰는 라틴어로 말했다. 소통이 잘 안 될 때는 여행 중인 인문학자가 그 나라 언어와 포르투갈어를 통역했다. 인문학자는 발을 접질렀었는데 이곳에서 완전히 치료되었다. "이분은 토끼가 튀어나오는 바람에 말에서 떨어졌다지 뭡니까?"라며 서기가 친절하게 얘기해 주었다. "이 양반이 토끼가 괴물인 줄 안 모양이군." 하고 옆에 있던 케텐 영주가 머뭇거리며 불쾌한 듯 비웃는 투로 말했다. "말도 그랬나 봅니다!" 하고 성의 사제가 큰 소리로 말했다. "그게 아니라면 그렇게 날뛰지는 않았겠지요. 선생께서 영주님보다 말에 대해 더 잘 아십니다." 술 취한 남자들이 케텐 영주를 놀리며 웃음을 터뜨렸다. 케텐은 그들을 바라보더니 한 걸음 다가가 사제의 뺨을 때렸다. 사제는 농사를 짓는 몸집이 제법 뚱뚱한 젊은이였다. 사제는 놀라서 얼굴이 새빨개지더니 금세 창백해졌다. 젊은 기사는 웃으면서 일어나 포르투갈 여인을 찾으러 갔다. 그들끼리 남게 되자 토끼 얘기를 꺼냈던 인문학자가 "영주님께서는 왜 포르투갈 남자를 단도로 찌르지 않으셨을까?" 하고 야유하듯이 말했다. "그는 황소 두 마리를 합친 것만큼 힘이 셉니다." 하고 사제가 대답했다. "기독교 교리는 그런 처지에 있는 사람에게 아주 큰 위로가 됩니다." 그러나 케텐 영주는 여전히 극도로 쇠약한 상태였고 내부의 생명력은 엄청나게 느린 속도로 돌아오고 있었다. 그는 더 호전될 방도를 찾을 수가 없었다.

이방인은 떠나지 않았고 그의 소꿉동무였던 포르투갈 여인은 남편의 반응을 불길하게 받아들였다. 그녀는 11년 동안 남편을 기다려 왔고 그녀에게 남편은 11년 내내 명성을 지켜오고 환상을 갖게 해 준 연인이었다. 하지만 이제 병으로 쇠약해져 집과 마당을 맴돌았고 예의 바른 젊은이 옆에 있으니 그저 평범해 보였다. 그녀는 이 점에 대해 오래 생각하지는 않았지만 대단하리라 기대했던 이 나라에 조금은 싫증이 났다. 그러나 단지 남편의 삐딱한 시선 때문에 그 친구를 보내고 싶지는 않았다. 그는 고향의 향기를 가져다주었고 유머 감각도 있었다. 그녀는 자책할 이유가 없었다. 몇 주 전부터 그녀는 몸

단장에 신경을 썼는데 이것이 효과가 있었는지 때로는 몇 년 전처럼 얼굴에서 빛이 남을 느꼈다. 케텐 영주가 점쟁이를 불러 물었더니 예언하기를 "영주님은 어떤 일을 해내야만 건강해지십니다."라고 말했다. 그것이 무엇이냐고 다그치자 점쟁이는 입을 다물고 케텐 영주에게서 벗어나려 하다가 결국 점괘가 나오지 않는다고 했다.

그는 주인으로서 손님을 후하게 대접하는 대신에 언제든 죽여 버릴 수도 있었다. 여러 해 동안 적들 사이에서 불청객이었던 케텐에게 생명의 신성함이나 손님의 권리 따위는 큰 걸림돌조차 아니었다. 하지만 치유가 부진하다 보니 치졸함마저 자랑스러울 정도였다. 그런 교활한 잔꾀는 아이들의 유치한 말장난보다 조금도 나을 게 없어 보였다. 그는 묘한 경험을 했다. 병을 앓는 동안 아내는 예상보다 더 다정했다. 그가 오랫동안 집을 떠나 있어서는 아닐 것이다. 가끔 그녀가 평소보다 더 강렬한 애정을 보여서 놀라기는 했지만 그렇다고 전과 달리 보이지는 않았다. 그는 자기가 즐거운지 슬픈지 알 수 없었다. 죽음 직전까지 갔던, 며칠 동안 사경을 헤매던 때와 똑같았다. 꼼짝도 할 수 없었다. 아내의 눈에는 신선한 기운이 감돌았고, 자기 모습이 그 눈동자에 비치곤 했다. 그러나 아내의 두 눈은 그의 시선을 받아들이지 않았다. 달리 아무 일도 일어나지 않으니 기적이 일어나야만 할 것 같았다. 운명이 침묵하려 할 때는 운명에게 말하라고 강요해서는 안 되고 다가올 일에 귀 기울여야 한다.

어느 날 그들이 무리 지어 산에 오를 때 성문 앞에 작은 고양이 한 마리가 있었다. 습성대로 담 위에 앉아 있지 않고 문 앞에 서 있는 모습이 마치 사람처럼 들어가기를 원하는 것 같았다. 사람들이 다가가자 고양이는 반갑다는 듯 등을 굽혀 인사하더니 자기를 보고 놀라는 덩치 큰 인간들의 옷과 장화에 몸을 부벼 댔다. 그들은 고양이를 들여보냈다. 꼭 손님을 맞는 분위기였고 다음 날에는 고양이가 아니라 어린애를 데려온 게 아닌가 생각이 들 정도였다. 고양이는 재롱을 떨며 사람들이 자기를 그렇게 대하게 했다. 지하실이나 다락방에서 재밋거리를 찾는 대신 한순간도 사람들 곁을 떠나려 하지 않았다. 사람들이 자기를 위해 시간을 내게 하는, 도무지 이해하기 힘든 능력을 가지고 있었다. 성에는 고양이 말고도 귀한 동물들이 많았고 사람들 역시 각자 자기 일로 바빴다. 고양이는 특별히 눈에 띄는 행동을 하지 않았고 고양이답지 않게 조용하고 슬퍼 보였으며 무언가 골똘히 생각하는 듯했다. 그래서 고양이를 보려면 시선을 아래로 떨구어야 했다. 고양이가 노는 모양을 보면 사람들이 자기에게 기대하는 바가 무엇인지 분명히 아는 것 같았다. 사람들의 무릎 위로 기어오르기도 하고, 인간과 친해지려고 애쓰는 기색이 역력했다. 그러나 그것이 다가 아님을 느낄 수 있었다. 보통의 어린 고양이에게서는 찾아볼 수 없는 이런 특성이 바로 제2의 본질이라 할 수 있는 초탈함, 혹은 고양이를 둘러싸고 있는 조용한 후광 같았다. 그러나 아무도 그 사실을 말할 용기가 없었다. 포르투갈 여인은 고개를 숙여 다정하게 고양이를 내려다보았다. 그녀 품에 안긴 채 장난을 걸면서 자그마한 발톱으로 손가락을 툭툭 치는 모습은 꼭 어린아이 같았다. 포르투갈 여인의 남자 친구는 고양이에게로 깊숙이, 그러니까 그녀 품으로 고개를 숙이고 고양이를 들여다보며 웃었다. 케텐 영주는 드문드문 장난치는 고양이의 모습을 보며 병이 반쯤 회복된 느낌이었다. 이 병은 다가오는 죽음과 함께 슬그머니 고양이에게로 옮겨 가면서, 케텐 영주의 몸에만 있지 않고 그와 고양이 사이에 머물고 있는 것 같았다. 그때 하인이 말했다. "이 고양이는 비루병에 걸렸습니다."

케텐은 그 사실을 몰랐기 때문에 놀랐다. 하인은 또 한 번 말했다. 시기를 놓치지 말고 죽여야 합니다.

그사이 어린 고양이는 동화책에 나오는 이름을 얻었다. 고양이는 더 얌전해지고 참을성이 많아졌다. 한눈에도 고양이가 병들었고 눈에 띄게 쇠약해졌음을 알 수 있었다. 고양이는 주변에서 일어나는 일들에 아랑곳하지 않고 사람들 품에서 쉬는 시간이 점점 길어졌으며, 두렵다는 듯 그 작은 발톱을 꼭 오므리고 있었다. 고양이는 사람들을 차례로 둘러보았다. 창백한 케텐 영주를, 젊은 포르투갈 남자를 바라보았다. 포르투갈 남자는 고개를 숙인 채 고양이에게서, 혹은 고양이가 안겨 있는 품에서 시선을 떼지 않았다. 고양이는 보기 흉하게 변하는 자신의 모습에 대해 용서를 비는 눈빛으로 그들을 바라보았다. 고양이는 모든 사람의 고통을 대신하고 있었다. 고양이의 순교가 시작되었다.

어느 날 밤 구토가 시작되었다. 고양이는 새벽까지 계속 토했다. 다시 아침이 밝아 오자 여러 번 머리를 맞은 것처럼 기진맥진한 채 혼미한 상태였다. 너무 예뻐한 나머지 굶주린 고양이에게 먹이를 지나치게 많이 주었는지도 모른다. 고양이는 더 이상 침실에 있지 못하고 하인들의 방으로 보내졌다. 이틀 후에 하인들은 고양이의 상태가 좋아지지 않는다며 하소연했다. 하인들이 밤에 고양이를 내다 버릴지도 모를 일이었다. 고양이는 구토뿐 아니라 아무 데나 똥을 쌌다. 무슨 일이 생길지 알 수가 없었다. 보이지 않는 후광과 더러운 오물 사이에서 힘든 시험이 시작되었다. 결국 고양이를 다시 데려다주기로 — 그동안 고양이가 어디서 왔는지 알게 되었다. — 결정했다. 그곳은 저 아래 산기슭 근처 강가에 위치한 농가였다. 고양이를 책임지기도 싫고, 웃음거리가 되기도 싫어서 그렇게 했다고 말할 수도 있겠다. 하지만 모두들 양심의 가책을 느꼈다. 그래서 우유와 얼마간의 고기를 싸 보냈고 불결함을 그리 대수롭지 않게 생각하는 그곳 농부들에게 고양이를 잘 보살펴 달라는 뜻에서 돈까지 얹어 주었다. 하인들은 그런 주인의 행동에 고개를 절레절레 흔들 뿐이었다.

어린 고양이를 데리고 산을 내려갔던 하인들은 돌아오는 길에 고양이가 자기들을 따라온다는 사실을 눈치채고 다시 발길을 돌렸다고 했다. 이틀 후에 고양이는 다시 성에 나타났다. 개들은 고양이를 피했으며 하인들은 주인을 생각해서 그 고양이를 감히 쫓아낼 수가 없었다. 하인들은 이제 이 산 위에서 죽음을 맞으려는 고양이의 뜻을 막을 수 없음을 깨달았다. 고양이는 고통스러운 구토를 이겨 낸 것 같았지만 바짝 야위고 털은 윤기를 잃었다. 돌아온 후 이틀간 지금까지 겪은 모든 고통이 반복되었고 상태는 더 심해졌다. 그럼에도 거처를 느릿느릿 오가는가 하면, 앞에서 종이를 흔들어 보이면 종이를 잡으려고 앞발로 툭툭 치는 모습을 보이며 간간이 사람들을 미소 짓게 했다. 네 발로 버티고 있었지만 너무 허약해져 이따금씩 살짝 비틀거렸다. 두 번째 날에 고양이는 가끔 옆으로 쓰러지기 시작했다. 인간이라면 이런 소멸 과정이 이상하게 느껴지지 않았겠지만 짐승이 그러는 모습을 보고 있자니 그것은 마치 짐승이 인간이 되는 과정처럼 보였다. 그들은 경건한 표정으로 고양이를 바라보았다. 특별한 처지에 있는 이 세 사람은 자기들의 운명이 현세에서 반쯤 벗어난 이 작은 고양이에게로 전이되었다는 생각을 떨치지 못했다. 고양이는 세 번째 날에 다시 구토를 하고 오물로 지저분해지기 시작했다. 하인은 감히 다시 말할 엄두가 나지 않아서 가만히 있었지만 그 침묵이 고양이를 죽여야 한다고 말하고 있었다. 포르투갈 남자는 시련을 견디듯 고개를 떨구고 달리 방도가 없다고 포르투갈 여인에게 말했다. 그는 꼭 자기 자신에게 사형 선고를 내리는 듯한 기분이 들었다. 갑자기 모든 사람이 케텐 영주를 보았다. 그는 창백해진 얼굴로 일어서서 걸어갔다. 그때 포르투갈 여인이 하인에게 "고양이를 데려가거라." 하고 말했다.

하인은 병든 고양이를 자기 방으로 데려갔다. 이튿날 고양이는 보이지 않았다. 아무도 물어보지 않았지만 하인이 고양이를 죽였다는 사실을 다들 알고 있었다. 모두들 말할 수 없는 죄책감으로 마음이 무거웠다. 말로 표현할 수 없는 무엇인가가 그들을 떠나 버린 기분이었다. 아이들만이 아무렇지 않았다. 더 이상 데리고 놀 수 없는 지저분한 고양이를 죽였다는 사실을 당연하게 받아들이는 것 같았다. 마당에 있는 개들은 가끔씩 햇빛 비치는 풀밭에서 코를 킁킁거리고 다리를 뻣뻣하게 뻗거나 털을 곤두세우며 힐끗힐끗 옆쪽을 살폈다. 개들이 그런 행동을 하는 바로 그 순간, 케텐 영주와 포르투갈 여인이 서로 마주쳤다. 그들은 나란히 서서 개들을 보았다. 무슨 말을 해야 할지 몰랐다. 신호는 있었다. 그러나 그것을 어떻게 해석해야 할까? 무슨 일이 일어난다는 것일까? 정적만이 둥근 지붕처럼 두 사람을 감싸고 있었다.

케텐 영주는 아내가 포르투갈 남자를 저녁때까지 보내지

않으면 그를 죽이리라 생각했다. 하지만 저녁이 되어도 아무 일도 일어나지 않았다. 야식 시간도 지났다. 케텐은 열이 나서 무거운 표정으로 앉아 있었다. 몸을 식히려고 마당으로 나가 오랫동안 서 있었다. 그는 결단을 내릴 수가 없었다. 결단을 내리는 것은 평생 장난처럼 쉬운 일이었는데도 말이다. 말에 안장을 매는 일, 갑옷의 죔쇠를 고정하는 일, 칼을 뽑는 일 같은 그의 삶의 음악이 이제는 불협화음이 되었다. 싸움은 무의미한 낯선 행위로 여겨졌고 칼로 찌를 수 있을 만큼 짧은 거리조차 사람을 지치게 하는 한없이 긴 길 같았다. 고통 역시 그의 기질에 맞지 않았다. 고통을 극복하지 못하면 병에서 회복되지 못하리라 느꼈다. 이 두 가지 생각 외에 또 다른 생각이 떠올랐다. 어렸을 때 아무도 오를 수 없는 성 아래 절벽을 늘 오르고 싶어 했는데 그것은 자살행위와 다름없는 무모한 생각이었다. 그러나 막연하게 신의 심판이나 기적이 다가오는 느낌이 들었고, 자기는 못 하더라도 저세상에서 온 고양이라면 그 길을 갈 것 같다는 생각이 들었다. 그는 조용히 웃으며 머리가 어깨 위에 붙어 있는지 확인하려고 고개를 저어 보았다. 한데 그 순간 그는 이미 산 저 아래 돌무지 길에 도착해 있었다.

산 아래 개울가에서 그는 방향을 바꾸었다. 출렁이는 강물 위에 세워진 다리를 지나고 덤불을 헤치며 절벽 위로 올라갔다. 달빛이 손으로 잡고 발을 디딜 자리를 비추어 주었다. 갑자기 발을 디딘 돌멩이가 떨어져 나갔다. 그로 인해 발의 힘줄과 가슴에 타격을 입었다. 케텐은 돌멩이 떨어지는 소리에 귀를 기울였다. 돌멩이가 물속 바닥에 부딪히기까지 한없이 오랜 시간이 걸린 것 같았다. 적어도 절벽의 3분의 1은 올라왔음이 분명했다. 그제야 정신이 들어 자기가 무슨 일을 했는지 확실하게 깨달았다. 아래로 내려가는 것은 죽음을 의미했고 절벽을 끝까지 오를 수 있는 건 악마뿐이었다. 그는 잡을 곳을 찾아 위쪽을 더듬었다. 뭔가를 잡을 때마다 그 가죽끈 같은 열 개의 손가락 힘줄에 목숨이 걸려 있었다. 이마에서는 땀이 흐르고 몸에서는 열이 났다. 신경은 돌처럼 단단히 굳었다. 이상한 점은 사투를 벌이는 와중에, 마치 몸 밖에 있던 건강한 힘이 다시 몸속으로 들어온 듯 온몸에 생기가 돌기 시작했다는 것이다. 그리고 있을 수 없는 일이 일어났다. 돌출한 바위를 비껴서 올라가려고 손을 뻗었는데 그 손이 창문에 닿은 것이다. 이 창문으로 올라가는 것밖에는 다른 방도가 없어 보였다. 자신이 어디에 있는지 알았고, 훌쩍 뛰어서 난간에 앉아 두 다리를 방 안으로 걸쳤다. 야성의 힘이 다시 살아났다. 그는 숨을 내쉬었다. 옆구리에 찬 단도는 그대로 있었다. 침대는 비어 있는 듯했다. 두근거리는 심장과 가쁜 숨이 완전히 진정될 때까지 기다렸다. 이 방 안에는 그 혼자뿐이었다. 그는 침대 속으로 살그머니 들어갔다. 오늘 밤에는 아무도 이 침대에 누워 있지 않았다.

케텐 영주는 초행이면 안내자 없이 찾아가기 힘든 방과 복도, 그리고 문을 지나 아내의 침실 앞으로 살금살금 걸어갔다. 한참 귀를 기울여 보았지만 속삭임 소리는 들려오지 않았다. 그는 미끄러지듯 안으로 들어갔다. 잠든 포르투갈 여인의 숨결이 부드러웠다. 어두운 구석 쪽으로 몸을 굽혀 벽을 더듬었다. 다시 방에서 나왔을 때는 불신감을 떨쳤다는 기쁨에 노래라도 부르고 싶었다. 그는 온 성안을 샅샅이 돌아다녔다. 뜻밖의 기쁜 소식을 찾아다니듯 발을 내디딜 때마다 마루청과

타일이 삐걱거렸다. 마당에서 하인이 누구냐고 소리쳤다. 그가 손님은 어떻게 되었느냐고 물으니, 달이 뜨자 손님이 떠났다고 전했다. 케텐은 반쯤 껍질이 벗겨진 장작 더미에 앉았고 보초병은 그가 오래 앉아 있어서 놀랐다. 케텐은 불현듯 지금 포르투갈 여인의 방에 다시 가면 그녀가 없으리라는 확신이 들었다. 그는 힘껏 문을 두드리고 방으로 들어갔다. 젊은 아내는 꿈속에서 기다리고 있었다는 듯 몸을 일으켰다. 그가 떠날 때의 옷차림 그대로 서 있었다. 증명된 것도 해결된 것도 없지만 그녀는 묻지 않았고 그 역시 아무것도 물을 수 없었다. 그는 무겁게 드리워진 커튼을 열었다. 그러자 모든 케텐족의 삶과 죽음을 함께한 소란스러운 굉음의 장막이 올라왔다.

"신이 인간이 될 수 있다면 고양이도 될 수 있어요."라고 포르투갈 여인이 말했다. 평소 같으면 신성 모독이라고 그녀 입을 손으로 막아야 했겠지만 단 한 마디도 이 담벼락 밖으로 새어 나가지 않으리라는 사실을 두 사람은 알고 있었다.

통카

1

어느 울타리 옆. 새 한 마리가 노래했다. 어느새 태양이 숲 속 어딘가로 숨었다. 새소리가 그쳤다. 저녁이었다. 시골 소녀들이 노래를 부르며 들판을 건너왔다. 이 얼마나 제각각인 정경들인가! 그런 각각의 것들이 우엉꽃의 빽빽한 가시처럼 한 인간에게 들러붙어 떨어질 줄 모른다면 예사로 넘길 수 있는 일일까? 통카가 그런 경우였다. 무한은 이따금 물방울이 되어 흐른다.

버드나무에 매어 두었던 말도 그중 하나다. 검정 털이 섞인 흰말이었다. 군 복무 시절이었다. 그때가 군 복무 시절이었음은 우연이 아니다. 인생에서 이 시기만큼 정체 모를 힘이 모든 것을 발가벗겨서 자신과 자신의 행동을 여지없이 드러내는 때는 없으니까. 이 시기에는 누구나 평소보다 무방비하기 마련이다.

그런데 실제로 그랬던가? 아니다. 그건 나중에 그가 기억을 더듬어서 나름대로 정리한 것이다. 그것은 이미 동화였다. 사실 이제 그는 그 일이 동화인지 현실인지 분간조차 안 되었다. 통카를 알게 되었을 당시, 그녀는 숙모 집에서 살았다. 가끔 사촌 율리에가 찾아왔다. 그것은 사실이다. 통카가 사촌 율리에와 한 테이블에 앉아 차를 마시는 모습을 보고 그는 의아했었다. 율리에는 한마디로 수치스러운 존재였기 때문이다. 어떤 남자든 율리에에게 말을 걸기만 하면 그날 밤 그녀를 자기 방으로 불러들일 수 있음은 누구나 아는 사실이었다. 율리에는 뚜쟁이들의 집으로 불려 가기도 했다. 그 일이 아니면 달리 벌이가 없었다. 율리에의 행실이 못마땅하기는 했지만 어쨌거나 그녀는 친척이었으며, 경박하기는 해도 같은 테이블에 앉기를 마다하기란 쉽지 않았다. 더구나 자주 오지도 않았다. 남자라면 이런 일로 소란을 피웠을 것이다. 남자들이란 신문을 읽어서 그런지, 특정 목적을 지닌 단체의 회원이어서 그런지 노상 거창한 말을 가슴에 품고 있기 마련이니까. 하지만 숙모는 율리에가 오면 매번 몇 마디 따끔한 말을 해 주는 것으로 만족했다. 그녀와 한 테이블에 앉아 있으면 웃지 않을 수 없었다. 유머 감각이 있는 아가씨였고 어떤 여자보다도 그 도시를 훤히 알고 있었기 때문이다. 그녀를 못마땅해하긴 했지만 그렇다고 사이가 멀어지지는 않았다. 서로 어울릴 수 있었다.

감옥의 여자들도 마찬가지였다. 그들은 대부분 매춘부였다. 그 감옥은 곧 이전되어야 했다. 수감 중에 갑자기 임신한 여자들이 많아졌기 때문이다. 죄수들이 신축 공사장 일을 하면서 그런 일이 생겼다. 여자 죄수들은 그곳에서 모르타르를 나르고, 남자 죄수들은 미장일을 했다. 이 여자들은 집안일에도 고용되었는데 빨래를 아주 잘했고 품삯이 쌌기 때문에 형편이 좋지 않은 사람들에게는 크게 환영받았다. 통카의 할머니도 빨래하는 날이면 이들을 불렀다. 할머니는 커피와 빵을 대접하고, 같이 집안일을 하며 아침 식사도 함께하는 등 그들을 거리낌 없이 대했다. 규정상 정오가 되면 사람을 붙여서 이들을 감옥으로 돌려보내야 했는데 대개는 아직 어린 통카가 그 일을 맡아 했다. 통카는 재잘거리며 그들과 잘 어울렸다. 멀리서도 눈에 띄는 흰색 두건을 두르고 회색 죄수복을 입고 있었는데도 통카는 그들과 어울리기를 부끄러워하지 않았다. 아무것도 모르기 때문일 수도 있고, 가엾은 어린 생명이 그런 환경에 영향을 받아 무감각해졌기 때문일 수도 있다. 하지만 열여섯 살이 되어서도 거리낌 없이 사촌 율리에와 농담을 한다면 그건 수치심을 모르는 행동이라고 할 수 있다. 아니면 이미 수치심에 민감한 감정이 사라져 버린 것일까? 그녀 탓이 아니라 해도 이것은 얼마나 특이한 일인가!

특이한 걸로 치자면 집도 빼놓을 수 없다. 그 집은 높은 신축 건물들 사이에 있었고 길 쪽으로 난 창문이 다섯 개 있었다. 그 집 뒤채에 통카와 숙모가 살았다. 통카는 숙모라고 불렀지만 사실은 그녀보다 나이가 훨씬 많은 사촌 언니였고, 어린 아들도 있었다. 이 아이는 통카의 숙모와 진지한 관계였던, 부부나 다름없는 남자 사이에서 태어났는데 사실은 사생아였다. 할머니도 함께 살았는데 실은 할머니가 아니라 할머니의 여동생이었다. 세상을 떠난 통카 엄마의 남동생도 한때 그 집에서 살다가 젊은 나이에 죽었다. 이들은 모두 부엌 딸린 단칸방에서 살았다. 고상하게 커튼을 드리운 건물 앞면 다섯 개의 창문은 소문 나쁜 집을 가리기 위한 용도일 뿐 이곳은 경박한 소시민 계층 여자들, 그리고 유흥업소 여자들이 남자들과 어울리는 곳이었다. 사람들은 이런 짓거리를 할 때면 소리 없이 이 집에 들렀으며 뚜쟁이와 옥신각신하고 싶지 않았으므로 인사를 나누기도 했다. 뚜쟁이는 뚱뚱한 여자였으며 체면을 매우 중요하게 생각했다. 그녀에게는 통카와 동갑인 딸이 하나 있었다. 그녀는 딸을 명문 학교에 보내고 피아노와 프랑스어를 배우게 했다. 또 예쁜 옷을 사 입혔으며 집 안에서 벌어지는 일을 모르게 하려고 뒤채에는 얼씬도 못 하게 했다. 딸은 뚜쟁이 엄마를 부끄러워했지만 마음씨가 착해서 엄마가 일을 하는 데 어려움은 없었다. 예전에 가끔 통카는 그 딸과 놀아도 좋다는 허락을 받고 안채에 가 본 적이 있었다. 안채는 비어 있을 시간이라 너무 커 보였다. 이때의 인상으로 그 집은 통카에게 평생 화려하고 고상한 장소로 남아 있었는데 그가 나중에야 그 기준을 바로잡아 주었다. 게다가 통카는 정식 이름이 아니었고, 안토니라는 독일 이름으로 세례를 받았다. 통카는 체코식 애칭인 토닝카를 줄인 이름이었다. 이 골목 사람들은 두 언어가 뒤섞인 이상한 언어를 썼다.

이어지는 이러한 생각들의 끝은 어디인가? 그녀는 당시에 시내 쪽에 있는 마을의 첫 번째 집 울타리 옆에 서 있었다. 레이스업 부츠에 빨간 스타킹을 신고 폭이 넓고 알록달록한 긴 스커트를 입고 있었다. 말을 하면서 추수한 곡식 위에 떠 있는 창백한 달을 쳐다보는 것 같았으며 재치 있게 대답하고 수줍은 듯 웃었다. 마치 달의 보호를 받고 있는 느낌이었다. 그루터기 위로 수프를 식히는 것 같은 부드러운 바람이 불어왔다. 집으로 돌아오는 길에 그는 동료이자 1년 지원병인 모르단스키에게 웃으면서 이렇게 말했다. "저 아가씨와 잘해 보고 싶은데 나한테는 위험 부담이 크단 말이야. 감상에 빠지지 않으려면 아무래도 자네가 한 식구처럼 같이 드나들겠다고 약속을 해 줘야겠네." 삼촌이 경영하는 설탕 공장에서 수습공으로 일한 적이 있는 모르단스키는 이 말을 듣자 사탕무 수확철 이야기를 꺼냈다. 사탕무 농장에는 그런 처녀들이 무척 많은데 감독관이나 조수들이 시키는 일은 무엇이든 하고 흑인 노예처럼 순순히 복종한다고 했다. 그는 언젠가 모르단스키와 그런 얘기를 나누다가 기분이 상해서 단호하게 말을 자른 적이 있었다. 그러고 보니 그때 있었던 일이 아니다. 확실한 기억이라고 생각한 일은 나중에 자라난 가시덩굴처럼 머릿속에서 뒤엉켜 버렸다. 사실 통카를 처음 본 곳은 '링' 도로[9], 석조 건물 상점들이 즐비한 중심가였다. 모퉁이에 장교와 정부 관리들이 서 있었고 대학생들과 젊은 장사치들이 이리저리 돌아다녔다. 호기심 많은 처녀들은 상점 문을 닫고 난 뒤나 점심시간에 두세 명씩 팔짱을 끼고 지나갔다. 가끔은 변호사 한 사람이 느긋하게 어슬렁거리며 인사를 했고 시 의원이나 명망 있는 공장주, 물건을 사고 막 집으로 돌아가는 여자들도 볼 수 있었다. 그들 속에서 갑자기 그녀 시선이 그와 부딪혔다. 즐거운 시선이었다. 행인이 지나가다가 얼굴에 공을 맞는 것만큼이나 짧은 순간이었다. 그녀는 재빨리 고개를 돌리더니 짐짓 나쁜 뜻은 없었다는 듯한 표정을 지었다. 이제는 킬킬대고 웃겠지, 생각하고 그는 얼른 몸을 돌렸다. 하지만 통카는 놀랐는지 고개를 꼿꼿이 들고 걸어갔다. 자기보다 키가 작은 아가씨들 두 명과 함께 있었다. 통카의 얼굴은 예쁘지 않았지만 어딘지 또렷하고 단호한 구석을 지니고 있었다. 그 얼굴

9 Ring. 중심부를 둘러싼 도심 순환 도로를 의미한다.

에는 시키는 일만 하는 여자의 영악함이나 소심함은 없었다. 눈, 코, 입은 남의 시선에 아랑곳하지 않고 각각 나름대로 선명했다. 바로 그 거리낌 없는 표정과 얼굴 전체에 감도는 신선함이 그를 매료시켰다. 그렇게도 명랑한 시선이 갈고리 달린 화살처럼 날아와서 박히다니 이상한 일이었다. 그녀도 그 화살에 다쳐서 아픈 것 같았다.

이제 분명히 생각났다. 통카는 당시에 포목점에서 일하고 있었다. 규모가 상당했던 그 가게에는 창고 관리 때문에 많은 처녀들이 고용되어 있었다. 두루마리 옷감을 검사하고 샘플에 맞는 옷감을 찾는 일이 그녀의 임무였다. 천의 미세한 보풀에 자극을 받아 손은 항상 좀 축축한 상태였다. 이것은 꿈이 아니었다. 그녀의 표정이 확실하게 떠올랐다. 그때 포목점 아들들의 모습이 보였다. 한 사람은 다람쥐처럼 콧수염 끝을 말아 올리고 항상 에나멜 구두를 신고 다녔다. 통카는 그가 얼마나 고상한지, 또 구두가 몇 켤레나 되는지 자주 얘기했었다. 그는 저녁마다 바지 주름을 잡기 위해 널빤지 두 장 사이에 바지를 끼우고 그 위에 무거운 돌을 얹어 놓는다고도 했다.

그리고 지금, 현실에서 있었던 일이 뿌연 안개 사이로 뚜렷하게 보이자 불신에 차서 바라보는 어머니의 미소, 동정과 경멸로 가득 찬 미소가 떠올랐다. 이 미소를 본 것은 진짜 있었던 일이다. 그 미소는 "세상에, 뻔한 일이지. 그런 가게에서 일하는 여자란……!"이라고 말하고 있었다. 통카를 알게 되었을 때 그녀가 아직 처녀였음에도 어머니의 이 미소는 음흉하게 뭔가 숨기거나 꾸며 낸 채로 꿈속에 숱하게 나타나서 그를 고통스럽게 했다. 그 미소를 본 것은 한 번에 그치지 않은 듯하다.

지금까지도 그 점은 확실하지가 않다. 신혼 같은 밤들도 있었다. 그때는 확실히 알 수 없고 자연조차도 명쾌한 답을 줄 수 없는, 이른바 생리학적으로 규명할 수 없는 일이 있었다. 기억을 떠올리려는 순간에 그는 하늘마저도 통카에게서 등을 돌렸음을 깨달았다.

2

통카를 할머니의 간병인 겸 말동무로 데려온 것은 경솔한 행동이었다. 그는 젊은 혈기에 작은 계략을 꾸몄다. 고모가 상류층 집안에 바느질하러 다니는 통카의 숙모를 잘 알고 있길래 혹시 적당한 처녀가 있는지 알아봐 달라고 부탁했던 것이다. 2~3년 밖에 살지 못할 할머니의 간병인을 구하는 중인데 보수뿐 아니라 유산도 한몫 줄 생각이라고 했다.

그러는 사이에 몇 가지 작은 사건들이 있었다. 한번은 통카와 함께 볼일을 보러 나간 적이 있었다. 아이들이 길에서 놀고 있었는데, 갑자기 울부짖는 작은 여자아이의 얼굴이 눈에 들어왔다. 우는 얼굴은 벌레처럼 사방으로 꿈틀거리며 쨍쨍 내리쬐는 햇빛을 가득 받고 있었다. 그는 햇빛 속에 가차 없이 드러난 그 또렷한 모습을, 우리들에게서 벗어나 있는 영역, 죽음과 비슷한 삶의 한 예라고 생각했다. 통카는 다만 '아이들을 좋아했을' 뿐이었다. 그녀는 아이에게 몸을 굽혀 장난을 치고 달래 주었는데 아마도 아이의 그런 모습을 우스꽝스럽다고 여긴 모양이었다. 통카에게 그 표정 이면에 뭔가 다른 것이 있다고 알려 주려 애썼지만 생각처럼 되지 않았다. 여러 방법으로 접근해 봤지만 번번이 분명하게 파악할 수 없는 그녀의 정신 세계와 맞닥뜨릴 뿐이었다. 통카는 어리석지 않았지만 뭔가가 그녀로 하여금 영리하게 행동하지 못하도록 방해하는 것만 같았다. 그때 처음으로 통카에 대해 한없는 연민을 느꼈다.

언젠가 통카에게 이렇게 물어보았다. "할머니 댁에서 지낸 지 얼마나 됐죠?" 그녀가 대답했고 그는 "그래요? 노인네 옆에서 보내기엔 참 긴 시간이네요." 하고 말했다.

"아, 아니에요. 저는 기쁜 마음으로 하는걸요." 통카는 말했다.

"나한테는 터놓고 그렇다고 말해도 괜찮아요. 어떻게 나이 어린 처녀가 그런 일을 하면서 좋을 수 있는지 상상이 안 되는군요."

통카는 "각자 자기 일을 하는 거지요."라고 대답하고는 얼굴을 붉혔다.

"각자 자기 일을 한다고요? 좋아요. 그래도 사람이 살면서 원하는 게 있잖아요?"

"예."

"당신도 그런가요?"

"아뇨."

"예, 아뇨, 예, 아뇨." 갑자기 그는 조바심이 났다. "그게 무슨 뜻입니까? 최소한 우리 가족 흉이라도 봐요!" 그는 통카가 대답할 말을 찾으려고 애씀에도 매번 마지막 순간에 입을 다문다는 사실을 알았다. 그래서 불현듯 측은한 생각이 들었다. "제 말을 이해하지 못하나 보군요. 할머니를 나쁘게 생각하는 건 아니에요. 그렇지는 않아요. 할머니는 불쌍한 분이죠. 그렇지만 할머니 입장에서 생각하려는 게 아닙니다. 그게 제 방식이지요. 당신 입장에서 생각하는 겁니다. 그렇게 보면 할머니는 끔찍한 부담이죠. 제 말뜻을 아시겠어요?"

"예."라고 통카는 작은 소리로 대답하더니 얼굴이 온통 빨개졌다. "당신이 무슨 말을 하는지 이해했어요. 그런데 말로는 잘 표현이 안 되네요."

그 말에 그는 웃었다. "무엇을 말로 표현할 수 없다니 저는 한 번도 겪어 보지 못한 일입니다! 이제 정말 알고 싶군요. 무슨 대답을 할지 말입니다. 제가 도와드리지요." 완전히 통카 쪽으로 몸을 돌리자 통카는 더 당황했다. "자, 그럼 시작해 봅시다. 의무적으로 똑같이 반복하는 일들과 쳇바퀴 도는 생활이 재미있어요? 그래요?"

"아, 그런데, 무슨 뜻인지 모르겠네요. 저는 제 일이 아주 좋은걸요."

"아주 좋다니, 그럴 수 있지요. 하지만 욕망이라는 게 있을 거 아닙니까? 일상사 말고는 아무것도 원하는 것이 없는 사람들도 있기는 하지만요."

"그게 무슨 뜻이죠?"

"소망, 꿈, 명예욕 같은 것 말이에요. 오늘 같은 날, 당신은 아무 느낌이 없단 말인가요?"

그날 도시의 담과 담 사이에는 설렘과 봄날의 달콤함이 가득했다.

통카가 웃었다. "아뇨. 그렇지는 않아요."

"그렇지는 않다고요? 그러면 칙칙한 방이 좋아요? 꺼져가는 목소리나 약병 냄새 같은 것이 좋아요? 그런 사람들이 있긴 하지요. 이번에도 내가 틀렸다고 당신 얼굴에 써 있군요."

통카는 고개를 젓더니 입을 삐죽이 내밀었다. 수줍거나

당황해서 그런 것 같았다. 그는 이번에도 그녀를 내버려 두지 않았다. “내가 틀렸지요? 한참 생각해서 말했는데 틀렸다니 당신 앞에서 꼴이 우습게 되었군요. 이런 내 모습을 보니 용기가 나지 않나요? 어때요?”

통카는 마침내 입을 열었다. 천천히, 띄엄띄엄. 마치 뭔가 어려운 일을 이해시켜야 한다는 듯 단어를 고쳐 가면서.

“돈을 벌어야 하니까요.”

아, 이 얼마나 단순한 대답인가!

그는 고상한 척했지만 바보 꼴이 되었고 너무도 평범한 이 대답에는 영원한 진리가 깃들어 있었다.

한번은 사람들의 눈을 피해서 통카와 산책을 나간 적이 있었다. 통카가 한 달에 두 번 쉬는 날이면 둘은 소풍을 갔다. 여름이었다. 저녁이 되자 대기는 체온처럼 따뜻하게 느껴졌고 눈을 감으면 온몸이 용해되어 대기 속을 한없이 떠다니는 것 같았다. 통카에게 그 감정을 설명했다. 그녀가 웃길래 그는 자기 말을 이해했는지 물어보았다.

아, 예.

그는 미심쩍어 이 감정을 통카 자신의 말로 표현해 달라고 했다. 그녀는 할 수가 없다고 했다. 그러면 이해하지 못한 거라고 그가 말했다.

그녀는 이해했다고 했다. 그러더니 느닷없이 노래를 불러야 한다는 것이었다.

노래만은 하지 말자! 하자! 그들은 옥신각신했다. 그러다 결국 노래를 부르기 시작했는데 그 모습이 꼭 증거물을 테이블 위에 놓고 현장 검증을 하는 모양새 같았다. 오페레타의 한 소절이었는데 정말이지 형편없었다. 다행히 통카는 나지막한 소리로 노래를 불렀고 그는 그 작은 예의가 반가웠다. 그녀가 극장에 가 본 적이라고는 평생 딱 한 번뿐인 게 분명하다는 생각이 들었다. 그 이후로 이 형편없는 노래가 아름다운 삶의 본질을 상징하게 되었다고 확신했다. 노랫가락 몇 개는 전에 일하던 포목점의 친구들에게서 들은 것이었다.

통카는 정말로 그 노래를 좋아했을까? 무엇이든 통카가 그 상점과 연관되면 기분이 언짢았다.

그녀는 그것이 무슨 곡인지도 몰랐고, 그 노래가 좋은지 아닌지도 알지 못했다. 다만 한 번쯤 무대에서 혼신의 힘을 다해 사람들에게 행복과 슬픔을 느끼게 해 주고 싶다는 소망이 싹텄을 뿐이다. 그런 꿈을 꾸는 착한 통카를 바라보노라니 어처구니없었다. 노래에 흥미가 없어져서 작은 소리로 우물거리자 통카가 별안간 노래를 그쳤다. 그의 기분을 눈치챈 것 같았다. 두 사람은 잠시 아무 말 없이 걸었다. 마침내 통카가 멈춰 서더니 "내가 부르려고 한 노래는 이게 아니에요."라고 했다. 대답 대신 보낸 그의 호의적인 눈빛에 힘입어 그녀는 다시 조용히 노래를 부르기 시작했다. 이번에는 고향의 민요였다. 그들은 그렇게 걸었으며 단조로운 선율이 햇빛 속의 하얀 나비처럼 그들을 슬픔에 젖게 했다. 뜻밖에도 통카의 말이 맞는 순간이었다.

자신에게 일어난 일을 표현할 수 없는 사람은 이제 그 자신이었다. 통카는 일상적인 언어로 말하지 않고 삶 전체를 담은 언어로 말했기 때문에 남들이 어리석고 둔감하다고 여겨도 감수할 수밖에 없었다. 그때 그녀에게 노래가 떠올랐다는 사실이 무엇을 의미하는지 그는 분명히 알게 되었다. 그녀는 고독해 보였다. 그가 없었다면 누가 통카를 이해하겠는가? 그들은 함께 노래를 불렀다. 통카는 생소한 가사를 들려준 다음 그 뜻을 설명해 주었다. 두 사람은 손을 맞잡고 아이들처럼 노래를 불렀다. 숨을 돌리기 위해 쉴 때면 잠깐의 침묵이 흘렀다. 땅거미가 길 위에 내려앉았다. 이 모든 것이 어리석은 일이었지만 그날 저녁과 두 사람의 감정은 하나가 되었다.

어떤 날은 둘이 숲가에 앉아 있었다. 그는 멍하니 앞만 보며 말없이 생각에 빠져 있었다. 깜짝 놀란 통카는 그의 마음을 상하게 했나 싶어서 걱정했다. 그녀는 할 말을 찾느라 여러 차례 호흡이 가빠졌으나 수줍어서 말을 꺼내지는 못했다. 매 순간 어디선지 커졌다가 잦아드는 숲의 고통스러운 웅얼거림이 느껴질 뿐 아무 소리도 들리지 않았다. 갈색 나비가 그들 곁으로 날아오더니 줄기 높은 꽃 위에 앉았다. 그 바람에 꽃잎이 전율하면서 꽃대가 여러 번 흔들렸다. 그러더니 대화가 끊기듯 갑자기 움직임이 멈췄다. 통카는 앉아 있던 자리의 이끼를 손가락으로 꾹 눌렀다. 작은 이끼들은 금세 하나하나 차례로 다시 일어났다. 손으로 눌렀던 자리마다 나 있던 손자국이 곧이어 지워졌다. 왜 그런지 알 수는 없지만 울음이 날 것만 같았다. 이 순간 통카가 옆에 있는 남자처럼 생각하는 법을 배웠다면 아름다운 자연이 슬프게 흩어진 밤하늘의 별처럼 추하고 초라한 것들로 이루어져 있다고 느꼈으리라. 머리가 초롱처럼 생긴 말벌 한 마리가 그의 발치로 기어 왔다. 그는 말벌을 살펴보다가 흙길에 비스듬히 튀어나온 검은색의 볼 넓은 자기 구두를 바라보았다.

통카는 전에 웬 남자가 자기 앞을 가로막고 서 있어서 그를 비켜 갈 수 없을까 봐 두려웠던 적이 있다고 자주 이야기하곤 했었다. 상점에서 함께 일하던 손위 여자들이 신나서 그녀에게 들려준 이야기들은 지루하고 조잡하며 경박한 연애사였다. 그녀에게 다가온 남자들 또한 하나같이 몇 마디 말만 건네고는 당장 호감을 얻으려고 하는 통에 그녀도 화가 났었다. 그런데 지금 옆에 있는 이 남자를 보자 통카는 갑자기 그 생각이 나서 뜨끔했다. 이 순간까지 자신이 남자와 함께 있다는 사실을 인식하지 못했던 것이다. 그와 함께 있을 때는 모든 것이 달랐기 때문이다. 그는 널찍하게 양 팔꿈치를 벌려서 뒤로 괴고 고개는 가슴께로 숙이고 있었다. 통카는 걱정스럽게 그의 눈을 보았지만 그 눈에는 독특한 미소가 담겨 있었다. 그는 한쪽 눈을 감고 다른 쪽 눈으로는 자기 몸을 따라 아래를 내려다보고 있었다. 구두가 놓인 모습이 얼마나 흉한지, 통카와 함께 숲속에 누워 있는 순간이 얼마나 하잘것없는지 알고 있는 게 분명했다. 그렇다고 다른 행동을 취하지는 않았다. 외떨어진 각각의 것들은 보기 흉했지만 함께 있는 모든 것은 행복했다. 통카는 조용히 일어났다. 갑자기 머리가 뜨거워지고 가슴이 뛰었다. 그녀는 그의 생각을 이해하지 못했지만 그의 눈에서 모든 것을 읽었다. 통카는 불현듯이 그의 머리를 두 팔로 안고 그의 눈을 가려 주고 싶다는 소망에 사로잡혔다. "갈 시간이에요. 날이 어두워질 거예요." 그녀는 말했다.

돌아오는 길에 그가 말했다. "재미없었겠지만, 틀림없이 나한테 익숙해질 겁니다." 어두워서 주변이 잘 보이지 않자 통카의 팔을 잡았다. 그리고 자기가 아무 말 없이 있었던 까닭에 대해, 또 본의 아니게 자기 생각에 빠졌던 일에 대해 계속 사과하려고 했다. 그녀는 그가 무슨 말을 하는지 이해하지 못했다. 그러나 안개 사이로 들려오는 그의 진지한 말을 자기 방식으로 미루어 짐작했다. 너무 진지하게 말해서 미안하다고 사과했을 때 그녀는 어쩔 줄 몰랐고, '성모 마리아여!'라고 되뇌며 부끄러움을 무릅쓰고 그의 팔에 자기 팔을 더 꼭 붙이는 행동 외에는 달리 대답을 찾지 못했다.

그는 통카의 손을 쓰다듬었다. "우리는 잘 어울릴 것 같은데요, 통카. 제 말뜻 알겠지요?"

잠시 후에 통카는 대답했다. "제가 당신 말을 이해하든 못하든 그건 상관없어요. 어느 쪽이든 대답할 수 없을 테니까요. 하지만 난 당신이 진지해서 좋아요."

이건 물론 사소한 체험들이었다. 이상한 점은 그런 체험이 통카의 삶에 두 번 있었다는 사실이다. 그것도 완전히 똑같은 체험이. 사실 그런 체험은 언제나 있는 일이었다. 더욱 기이한 점은 훗날 이 체험이 처음과는 정반대의 의미를 가지게 되었다는 것이다. 통카는 너무도 한결같고 단순하며 투명하여, 나는 환영(幻影) 또는 믿을 수 없는 존재를 보았다고 확신할 수 있을 정도였다.

3

그 후 예기치 않은 사건이 일어났다. 할머니가 예상보다 일찍 세상을 떠난 것이다. 어떤 일이 일어날 순간과 장소를 예측할 수 없을 때 그것을 사건이라고 한다. 이럴 경우 사람은 엉뚱한 장소에 놓이거나 기억에서 잊힌 물건, 혹은 아무도 주워 올리지 않은 채 버려진 물건처럼 무력해진다. 훨씬 나중에 일어난 또 하나의 사건 역시 이 세상에서 수도 없이 일어나는 일이었다. 다만 그 일이 통카에게 일어났음을 이해할 수 없을 뿐이다.

의사가 오고 장의사도 왔다. 사망 진단서가 작성되고 장례가 치러졌다. 명문가의 법도대로 흐트러짐 없이 체계적으로 진행되었다. 유산 정리도 이루어졌다. 이 일에 개입할 필요가 없다는 점은 반가운 일이었다. 다만 한 사람 몫의 유산만큼은 주목을 끌었는데 그건 '그는 노래 불렀다.' 혹은 '그가 초원으로 왔다.'를 뜻하는 몽상적인 체코 성(姓)을 가진 통카에 대한 배분이었다. 체결된 고용 계약에 따르면 통카는 쥐꼬리만한 보수 외에도 일 년씩 근무할 때마다 일정 금액을 유산에서 더 받도록 되어 있었다. 할머니의 병환이 제법 오래가리라 예상하고 간병의 고충을 헤아려서 서서히 단계적으로 액수를 인상해 주기로 결정했었다. 그런데 그 액수는 새파랗게 젊은 나이의 통카가 받기에는 터무니없이 적었다. 몇 달을 분(分) 단위까지 따져서 계산했다지만 그에게는 화가 날 정도로 적은 돈이었다. 히아친트가 통카와 급료를 계산할 때 그도 그 자리에 있었다. 겉으로 책을 읽는 척했지만 — 그 책은 전부터 읽던 시인 노발리스의 일기였다. — 사실은 주의 깊게 그 과정을 따라가고 있었다. 그래서 그의 '아저씨' 히아친트가 총액을 불렀을 때 부끄러웠다. 계약 내용에 대해 통카에게 상세하게 설명하는 모습을 보니 아저씨도 비슷한 감정을 느낀 것 같았다. 통카는 입을 꼭 다물고 그의 말에 귀를 기울였다. 정산 내역을 듣는 그녀의 진지한 젊은 얼굴은 뭔가 감동적으로 보이기까지 했다.

"자, 맞지요?"라고 말하며 아저씨가 돈을 테이블 위에 놓았다.

그녀는 아무 생각이 없는 듯 옷에서 작은 주머니를 꺼내더니 지폐를 접어 집어넣었다. 지폐를 여러 번 접으니까 얼마 안 되는 돈임에도 두툼한 뭉치가 되었다. 찌그러진 모양의 돈 뭉치를 치마 주머니에 넣으니 다리에 혹이 난 듯 불룩 튀어나왔다.

통카는 아저씨에게 언제 집을 떠나야 하는지 물어보았다.

아저씨는 "살림이 정리되려면 며칠은 더 걸릴 테니까 그때까지 지내도 괜찮아요. 하지만 본인이 원한다면 그 전에 떠나도 돼요. 우리는 당신이 더 이상 필요 없으니까."라고 말했다.

"고맙습니다."라고 말하고 통카는 자기 방으로 갔다.

그러는 사이에 다른 사람들은 벌써 가재도구를 분배하고 있었다. 이들은 쓰러진 동료를 뜯어 먹는 늑대들 같았다. 그가 몇 푼 받지 못한 그 아가씨에게 최소한 값나갈 만한 유품 몇 가지는 줘야 하지 않느냐고 묻자, 즉각 예민한 반응을 보였다.

"할머니의 커다란 기도서를 주기로 결정했단다."

"글쎄요. 그렇지만 뭔가 실용적인 물건을 주면 더 좋아할 텐데요. 예를 들면 저기 있는 저것이 어떨까요?" 테이블 위에는 갈색 모피 목도리가 놓여 있었다. 그는 그것을 집어 들었다.

"그건 에미 몫이야." 에미는 그의 사촌이었다.

"어떻게 그런 생각을 할 수 있니? 그건 밍크란 말이다!"

그는 웃었다. "가엾은 처녀에게는 영혼을 위한 선물이면 된다고 누가 그러던가요? 인색하게 보이고 싶으세요?"

"그 일은 우리에게 맡겨라." 이번에는 그의 어머니가 말했다. 생각해 보면 아들 말이 틀리지 않았지만 어머니는 말을 이어 갔다. "네가 몰라서 그래. 그렇게 박하게 주는 건 아니란다!" 그러고는 아량을 베푸는 일이 화가 난다는 듯 그 아가씨 몫으로 할머니가 쓰시던 손수건 몇 장과 셔츠, 바지들을 빼서 옆에

챙겨 두었다. 새 옷이나 다름없는 검정 원피스도 포함했다.

"자, 이젠 충분하겠지. 그 아가씨는 이 정도 받을 만큼도 못 돼. 감정도 없잖니. 할머니가 돌아가셨을 때도, 장례식 때도 눈물 한 방울 흘리지 않았어! 그러니까 가만 있거라."

아들은 "잘 울지 못하는 사람도 있어요. 눈물이 증거가 될 수는 없잖아요."라고 대꾸했는데, 그건 이 말이 중요해서가 아니라 자신의 유창한 말재주를 보여 주고 싶은 충동 때문이었다.

"뭐라고? 그게 지금 이 자리에서 할 말이라고 생각하니?" 어머니가 말했다.

이런 꾸중에 그는 입을 다물었다. 부끄러워서가 아니라 통카가 울지 않았다는 사실이 돌연 말할 수 없이 기뻐서였다. 친척들은 활기차게 이야기를 나누었다. 그는 그들이 얼마나 자신들의 이익을 챙기는 데 급급한지 깨달았다. 그들은 말을 잘하지 못했지만 민첩하게 말을 쏟아 낼 용기는 가지고 있었다. 결국에는 각자 자신이 원하는 것을 얻었다. 말하는 능력은 사고의 수단이 아니라 자본이었고 감탄할 만한 장식물이었다. 선물들이 놓인 책상 앞에 서 있는 동안 그의 머릿속에 이런 구절이 떠올랐다. "아폴론이 그에게 노래의 재능을 선사하나니, 노래하는 달콤한 입을." 처음으로 그것이 진정 선물이라는 사실을 깨달았다. 통카는 얼마나 말이 없었던가! 말을 할 줄도 울 줄도 몰랐다. 말을 할 줄도 표현할 줄도 모르는 것, 인간들 사이에서 말없이 사라지는 것, 인류 역사에 그어진 작은 획, 그러한 행동, 그런 인간, 한여름에 외롭게 떨어지는 이 눈송이는 현실인가 아니면 상상인가? 좋은 것인가 아니면 무가치하고 나쁜 것인가? 그는 더 이상 말로 설명할 수 없는 한

계에 이르렀음을 느꼈다. 그래서 생각을 멈추고 통카에게 자기가 돌봐 주겠다는 말을 전하려고 밖으로 나갔다.

통카는 방에서 짐을 꾸리고 있었다. 의자 위에 커다란 상자 하나가 놓여 있었고 바닥에는 상자 두 개가 있었다. 그중 하나는 벌써 끈으로 묶어 둔 상태였고, 나머지 두 개에 여기저기 널려 있는 짐들이 다 들어갈 것 같지 않았다. 통카는 궁리를 하더니 양말, 손수건, 끈 매는 장화, 반짇고리 등의 자질구레한 물건들을 꺼내서 여행 가방에 넣으려고 했다. 폭과 길이를 따져서 몇 개 안 되는 물건들을 집어넣으려고 애썼지만 전부 다 차곡차곡 챙길 수는 없었다. 그녀의 여행 가방은 상자보다 훨씬 더 작았다.

방문이 열려 있어서 몰래 통카를 잠시 지켜볼 수 있었다. 자신을 바라보고 있었음을 알고 통카는 얼굴이 빨개져서 뚜껑 열린 상자 앞을 얼른 가로막고 섰다.

"떠나려고요?" 하고 묻는 말에 그녀가 당황하는 기색이 어쩐지 기분 좋았다. "어떻게 할 겁니까?"

"숙모님 댁으로 가려고요."

"거기서 지낼 건가요?"

통카는 어깨를 으쓱했다. "일거리를 찾아봐야지요."

"숙모가 싫어하지 않을까요?"

"몇 달 동안 먹고살 돈은 있어요. 그때까지 일자리를 구해야겠지요."

"조금 모아 놓은 돈을 다 써 버리겠군요."

"어쩔 수 없죠."

"일자리를 빨리 구하지 못하면요?"

"또 접시나 닦겠지요."

"접시를 닦다니요? 무슨 말입니까?"

"돈벌이를 전혀 못한다는 뜻이죠. 가게에 있을 때도 그랬는걸요. 거기서는 보수가 아주 적었어요. 그렇다고 어떻게 할 수도 없었어요. 숙모는 한마디도 뭐라고 하지 않았어요. 화날 때만 뭐라고 하셨죠."

"그래서 우리 집 일을 하게 된 거군요?"

"예."

"통카." 그는 불쑥 이렇게 말했다. "숙모님한테 돌아가지 말아요. 일자리를 구하게 될 거예요. 내가 알아볼게요."

그녀는 좋다 싫다 말도 없고, 그렇다고 고맙다는 말도 없었다. 그러나 그가 나가자 물건들을 다시 상자에서 꺼내서 천천히 하나씩 원래 있던 자리에 두었다. 그녀는 얼굴이 벌게졌고 생각을 정리할 수가 없었다. 물건을 손에 들고 한동안 멍하니 허공을 바라보면서 이것이 사랑이라는 거구나, 하고 느꼈다.

방으로 돌아왔을 때 책상 위에는 여전히 노발리스의 일기가 놓여 있었다. 그는 갑자기 자기가 짊어지게 된 책임에 당혹스러웠다. 뜻하지 않게 자기 인생을 좌우할 일이 일어났다는 사실이 전혀 실감 나지 않았다. 이 순간 통카가 자신의 제안을 선뜻 받아들였다는 점에 의심이 들었던 듯하다.

그때 "왜 내가 통카에게 그런 제안을 했을까?" 하는 생각이 들었음은 확실하다. 왜 그녀가 그 제안을 받아들였는지도 알 수 없었다. 그와 똑같이 그녀의 얼굴에도 당황한 빛이 역력했다. 그때의 상황은 지독하게도 희극적이었다. 꿈에서처럼 어딘가에 올라갔다가 내려오는 길을 찾지 못하는 꼴이었다. 그는 다시 한 번 통카와 이야기를 나누었다. 불성실한 태도를 보이고 싶지는 않았다. 원하는 바는 많지만 경험이 부족한 젊은이들이 그러하듯이 활동의 자유, 정신, 목표, 명예, 전원에 만들어 놓은 비둘기장에 대한 거부감, 장래가 촉망되는 여성들에 대한 얘기를 했다. 그는 통카의 눈빛이 동요하는 모습을 보고 마음을 상하게 했나 걱정되어서 오해하지 말라고 부탁했다.

"무슨 말인지 알아요." 통카의 대답은 그 한마디였다.

4

"통카는 아주 단순한 여자야.", "포목점에 있었다지."라고 사람들은 말했다. 그 말은 무슨 뜻인가? 다른 여자들도 아는 게 없고 배우지 못했다. 그런 말은 옷 뒤쪽에 뗄 수 없는 꼬리표를 붙이는 것이리라. 사람은 배워야 하고, 원칙이 있어야 하며 사회적 입장을 지녀야 한다. 말하자면 그럴 의무가 있다는 뜻이다. 사람은 믿을 수 없다. 그런데 그런 원칙을 가진 사람들, 믿을 만한 사람들은 대체 어떤 모습인가? 그는 어머니가 자신의 허망한 삶을 아들이 되풀이할까 봐 두려워서 그럴 수 있다고 인정했다. 어머니는 그리 자랑스러운 선택을 하지 못했다. 남편은 군대 장교였고, 별로 내세울 것 없는 낙천적인 남자였다. 그의 아버지 말이다. 어머니는 아들을 통해 자기 인생이 좀 더 나아지지기를 원했고, 그렇게 되도록 무진장 애를 썼다. 그는 근본적으로 어머니의 자긍심에 수긍했다. 그런데 왜 어머니는 그의 마음을 움직이지 못했을까?

어머니의 삶의 본질은 의무감이었다. 어머니의 결혼 생활은 남편이 병들었을 때 비로소 의미를 얻게 되었다. 어머니는 강력한 적에 맞서 초소를 방어하는 보초병처럼 서서히 바보가 되어 가는 남편 곁을 지켰다. 그때까지 히아친트 아저씨와는 이럴 수도 저럴 수도 없는 사이였다. 사실 그는 친척이 아니고 부모님의 친구였다. 어디서나 흔히 볼 수 있는, 그러니까 아이들이 눈만 뜨면 보이는 그런 아저씨 중 하나였다. 그는 재정 고문관이면서 넓은 독자층을 가진 독일 작가였고 그의 소설들은 판을 거듭해서 출판되고 있었다. 어머니의 정신과 견문을 넓혀 주었고 그것은 정신적 갈증을 느끼는 어머니에게 위안이 되었다. 역사에도 박식했다. 수천 년의 시간을 넘어 거창한 문제에까지 이르는 그의 사고는 내용이 공허할수록 더 위대해 보였다. 딱히 이유를 알 수 없지만 그는 여러 해 전부터 어머니에게 끈질기면서도 감탄스러운, 사심 없는 애정을 품어 왔다. 아마도 장교의 딸인 어머니가 명예와 인격을 중시했고, 이런 생각을 맘껏 발산해 왔으며 확고한 원칙을 지녔기 때문일 터다. 그는 이런 점을 창작을 위한 이상적인 요소라고 생각했다. 그러나 정작 자신의 유창한 달변과 소설가로서의 재능은, 자기 정신에 확고한 원칙이 결여되었기 때문에 가능한다고 느꼈다. 당연한 일이겠지만 그는 자신의 결함을 인정하고 싶지 않았으므로 그것을 보편적인 것, 감상적인 것으로 확대할 수밖에 없었다. 그리고 이것을 타인의 강인함을 통해 보완하는 일만이 풍부한 정신을 지닌 사람의 운명이라고 생각했다. 그렇기 때문에 여자 입장에서도 그런 정신적 고양이 고통스러웠다. 이들은 서로의 관계를 위장하고 정신적 교류라고 자처했지만 그게 항상 잘되지만은 않았다. 이들은 가끔 히아친트의 나약함에 깜짝 놀랐다. 그것은 이들을 위험에 빠뜨렸고, 이대로 함께 추락할지 아니면 강하게 마음먹고 원래대로 돌아갈지 동요하게 했다. 그러나 아버지가 병들자 두 사람의 흔들리는 마음을 잡아 줄 버팀목이 생겼고, 가끔 그들에게 부족했던 1센티미터를 채워 줄 그 버팀목을 잡고자 손을 뻗었다. 그때부터 어머니는 아내로서의 의무감을 구실로 자신을 지켰으며 이중의 의무를 잘 수행해 갔다. 그러나 감정적으로는 여전히 죄를 짓는 일이었다. 이러한 생각은 결정적이고 단순한 규칙을 통해, 위대한 애정을 지켜야 한다는 의무와 위대한 정절을 지켜야 할 의무 사이에서 어머니가 흔들리지 않게 지켜 주었는데 썩 유쾌한 일은 아니었다.

믿을 수 있는 인간은 그런 식이었고, 그것은 정신과 성격으로 드러났다. 히아친트의 소설에서도 첫눈에 사랑에 빠지는 주제가 많이 등장하기는 하지만, 본능적으로 마실 물과 마시면 안 될 물을 구분하는 짐승처럼, 선뜻 한 인간을 따르는 사람이란 그들에게는 도덕이라고는 모르는 야생의 원초적인 존재처럼 보였을 것이다. 그러나 아들은 동물처럼 선량한 아버지에게 연민을 느끼고, 히아친트와 어머니를 똑같이 정신적 페스트라 여겼다. 이들은 집안에 소소하게 일이 생길 때마다 다투었고, 결국 이 두 사람 탓에 아들은 시대적 흐름과 정반대되는 길로 내몰렸다. 다방면에 재능이 많았는데도 그는 화학을 공부했으며 분명하게 답을 내릴 수 없는 문제에 대해서는 전혀 귀 기울이지 않았다. 그런 내용의 토론에 증오심을 품을 만큼 적대적이었으며 환상이 메마른, 활시위를 당기듯 새로운 기술 정신에 열광하는 젊은이였다. 감정의 파괴를 옹호하고 시, 선, 덕, 단순함을 거부했다. 노래하는 새는 앉을 나뭇가지가 필요하고 가지는 나무를, 나무는 갈색 토양을 필요로 한다. 그러나 그는 시간 사이를 날아다니고자 했다. 세워진

만큼 파괴된 이 시대 다음에는 힘들게 창안해 낸 새로운 전제를 가진 또 하나의 시대가 뒤따를 것이다. 그때야 비로소 우리가 무엇을 느꼈어야 했는지 알게 될 터다. 당분간은 탐험을 하듯 엄격하고 빈틈없는 태도가 필요하다고 생각했다. 학창 시절부터 선생님들의 눈에 띈 데는 그런 점이 작용했으리라. 그는 새로운 발명을 위한 착상들을 가지고 있었기 때문에 박사 학위를 받고도 한두 해 더 연구에 전념했다. 젊은 사람들이 영광과 불확실성으로 뒤섞인 미래를 내다보는 것과 달리, 끈질긴 신념으로 저 빛나는 지평선 위로 떠오르기를 바랐다. 통카를 사랑한 이유는 그녀를 사랑해서가 아니었다. 그녀가 그의 영혼을 동요시키지 않고 깨끗한 물처럼 말끔하게 씻어 주기 때문이었다. 그는 자신이 생각한 것보다 더 많은 일을 수행했다. 어머니는 확신이 없어서 대놓고 말하지는 못했다. 하지만 어떤 위험을 예감하고는 조심스럽고도 예리하게 떠보는 어머니의 질문이 그를 서두르게 했다. 그는 시험을 치른 뒤 곧바로 부모님 집을 떠났다.

5

그는 독일의 어느 대도시로 갔다. 통카와 함께였다. 통카를 그녀의 숙모의 집이나 그의 어머니가 사는 도시에 두고 왔더라면 그녀를 적에게 넘겨준 것 같은 기분이 들었으리라. 통카는 소지품들을 꾸리고 매정하게, 너무도 당연하다는 듯이 고향을 떠났다. 마치 태양에 바람이 자취를 감추듯이, 비가 바람에 쓸려 가듯이.

그녀는 도시에서 가게 일자리를 얻었다. 일을 빨리 파악했기 때문에 매일 칭찬을 들었다. 그런데도 왜 적절한 봉급을 받지 못할까? 부당한 급료를 받으면서도 왜 올려 달라고 요구하지 못할까? 그녀는 심각하게 생각하지 않고 부족한 돈을 남자 친구에게서 받곤 했다. 그는 매사에 순순히 따르는 그녀의 태도가 맘에 들지 않아서 그녀를 영악하게 만들어 볼 요량으로 가끔 이 문제에 대해 따졌다.

"왜 그 사람한테 월급을 올려 달라고 요구하지 못하는 거지?"

"그렇게 못 하겠어요."

"잘못된 걸 따지지도 못하고 도와주어야 한다는 거야?"

"예."

"왜……?"

그런 얘기를 할 때 통카의 표정은 고집스러워 보였다. 반박하지는 않았지만 그가 깊이 생각해서 꺼낸 이야기를 받아들이지 않았다. 그가 할 수 있는 말이라고는 "그건 모순이야. 제발 나한테 설명해 봐. 왜 그러는지…….", "통카, 계속 그러면 화낼 거야!" 정도였다.

그런 채찍을 휘두를 때에야 겸손과 고집이라는 작은 마차가 서서히 움직이기 시작했고, 겨우 자신의 입장을 밝혔다. 글씨가 서툴고 맞춤법을 몰라서 걱정이라는 것이다. 그녀는 창피해서 그 사실을 숨기고 있었다. 그 말을 할 때 걱정스러운지 사랑스러운 입을 실룩거리더니, 자신의 결점이 그에게 나쁘게 받아들여지지 않았음을 느끼고 나서야 둥근 미소를 입에 걸었다.

그는 일하다가 다쳐서 보기 흉해진 손톱을 사랑하듯이 그런 결점을 사랑했다. 그는 통카를 야간 학교에 보냈다. 통카가 장사치들이나 쓰는 우스꽝스러운 정자체를 배워 오는 것이 재미있었다. 학교에서 배운 이런저런 잘못된 판단들을 집에 와서 얘기해 주는 모습도 사랑스러웠다. 마치 음식을 삼키지 않고 입에 문 채로 오는 것 같았다. 무가치한 것을 방어하지는 못해도 직감으로 그것을 거부하는 태도에 통카가 가진 고귀한 자연성이 있었다. 이유를 말할 수는 없지만 위장한 것, 온갖 조잡한 것, 정신을 결여한 것, 비천한 것을 분명하게 거부하는 그녀의 태도는 놀라웠다. 그러나 자기 영역에서 한 차원 더 높은 영역에 도달하려는 노력은 없었다. 그녀는 자연처럼 순수하고, 다듬어지지 않은 존재였다. 순수한 여자를 사랑하기란 그리 쉬운 일이 아니었다. 통카는 가끔 자기와 거리가 먼 분야에 관한 지식으로 그를 놀라게 하기도 했다. 화학 지식도 있었다. 그녀에게 하는 말이라기보다 직업상 혼잣말로 무슨 얘기를 하면, 그녀는 뜻밖에도 벌써 알고 있었다. 처음 그런 일이 있었을 때 놀라서 물어보았더니 사창가 뒤쪽 작은 집에서 함께 살던 외삼촌이 대학생이었다고 했다.

"그런데 지금은?"

"시험을 치르고 바로 세상을 떠났어요."

"당신은 그 말을 알아들었어?"

통카의 말은 이러했다.

"그때 저는 아직 어렸지만 외삼촌이 공부할 때 항상 질문을 했어요. 한마디도 이해할 수가 없었어요. 외삼촌은 내가 질문한 내용의 답을 종이에 적었어요."

그러고는 끝이었다. 그 장면은 작은 상자 안에 간직한 이름 모를 예쁜 돌처럼 10년도 넘게 통카의 기억 속에 간직되어 있었다! 그때도 마찬가지였다. 그가 공부를 하는 동안 조용히 곁에 있는 일이 그녀에게는 행복의 전부였다. 그녀는 정신세계와 나란히 있는 자연이었다. 스스로 정신이 되려고 하지는 않았지만 그를 사랑했고, 사람에게 흘러드는 수많은 속성들 중 하나처럼 불가사의하게 그에게 동조했다.

당시 두 사람의 관계는 가볍다거나 사랑에 빠진 것과는 거리가 먼 이상한 긴장 상태에 있었다. 그들은 이미 고향에 있을 때부터 서로 유혹하지 않고 아주 오랫동안 잘 지냈다. 저녁 때면 함께 산책을 하면서 불쾌했던 그날의 사소한 일들에 대해 서로 얘기를 나누었다. 그것은 소금과 빵을 먹는 일처럼 기분 좋은 일이었다. 나중에 그가 셋방을 구했다. 겨울에 몇 시간씩 길거리에 있을 수는 없으니 당연한 일이었다. 그 방에서 처음으로 키스를 했다. 두 사람 모두 긴장해서 약간 뻣뻣한 키스였다. 그것은 쾌락이라기보다는 확인이었다. 통카는 흥분해서 입술이 까칠하게 굳어 있었다. '완전히 서로의 것'이 되자는 말도 했다. 정확히 말하면 이 말을 한 사람은 그 자신이었고 통카는 묵묵히 들었다. 우습기 짝이 없게도 분명히 기억난다. 바보 같은 짓을 저지르면 지워 버릴 수도 없다. 그 과정을 치러야 두 사람이 진정으로 서로 마음을 열게 된다고 유치한 말로 떠들어 댔다. 그들은 감정과 이론 사이에서 흔들렸다. 통카는 며칠만 더 미루자고 몇 차례 간청했다. 그는 마음이 상해서 이게 그렇게나 큰 희생이냐고 물었다. 그래서 날짜를 정했다!

통카가 왔다. 초록색 재킷에 검정 주름 장식이 있는 파란 모자를 쓰고 저녁 바람을 맞으며 급히 오느라 뺨이 발그스레했다. 그녀는 식탁을 차리고 차를 끓였다. 평소보다 약간 더 분주하게 일했고 줄곧 자기가 필요한 물건에만 시선을 주었다. 그는 종일 이 시간만을 초조하게 기다렸지만 서투른 젊은이답게 바짝 굳은 채로 소파에 앉아 그녀를 내내 바라보기만 했다. 통카는 그 피할 수 없는 일을 생각하지 않으려는 것 같았다. 그 일을 위해 날을 잡은 행동이 마음에 걸렸다. 집행관도 아니고 말이다! 지금 생각해 보면 자연스레 그녀를 유혹하거나 달콤한 말로 동의를 얻어 냈어야 했다!

모든 기쁨은 저 멀리 사라졌다. 매일 저녁 서로를 바라볼 때면 시원한 바람처럼 불어오던 그 신선함을 건드리기가 차마 꺼려졌다. 그렇지만 한 번은 겪어야 할 일이었다. 그는 이 일이 반드시 필요하다는 생각을 떨치지 못했다. 통카의 무의식적인 동작을 지켜보면서 자신의 생각이 몸을 휘감을 때마다 차츰 짧아지는 밧줄처럼 통카의 사지를 옭아매는 것 같은 기분이 들었다.

그들은 거의 아무 말 없이 식사를 끝낸 뒤 마주 보고 앉았다. 그는 농담을 하려고 했고 통카는 웃으려고 애썼다. 그러나 입술이 긴장되는 듯 입을 비죽이 내밀어 보이다가 갑자기 다시 심각한 표정을 지었다.

그가 느닷없이 말했다. "통카, 괜찮겠어? 해도 될까?" 통카는 고개를 떨구었다. 눈 위로 뭔가 스치는 것 같았지만 통카는 그렇다는 대답도, 사랑한다는 말도 하지 않았다. 그는 당황해서 통카에게 몸을 숙이고 작은 소리로 말했다. "처음엔 많이 어색하겠지. 게다가 별 느낌도 없을 테고. 이러면 안 되긴 하지만…… 꼭 그런 것만은 아냐……. 눈을 감아. 응……?"

잠자리는 이미 준비되어 있었다. 통카는 침대 쪽으로 갔지만 갑자기 다시 주저하며 옆에 있는 의자에 앉았다.

그는 "……통카!……" 하고 불렀다. 통카는 다시 일어서서 고개를 돌린 채 옷을 벗기 시작했다. 이 달콤한 순간에 야속하다는 생각이 떠나질 않았다.

통카가 몸을 바치는 것인가? 그는 그녀에게 사랑을 약속하지 않았다. 가장 듣고 싶은 말을 듣지 못하는 상황에 대해 왜 통카는 화내지 않았을까? 그녀는 '주인'의 권력에 복종하듯 순순히 따랐다. 집요하게 굴면 다른 남자라도 순순히 따를까? 그녀는 그 순간 처음으로 알몸이 되어 어색하게 서 있었다. 피부가 마치 몸에 꼭 끼는 옷처럼 팽팽했다. 그의 육체는 자신의 오만한 사고(思考)보다 한결 인간적이고 더 현명했다. 통카가 그 순간 갑자기 다가온 그에게서 달아나려는 듯 어색하고 서투른 동작으로 침대로 들어갔다.

아직도 그 느낌이 기억난다. 그가 그토록 잘 아는 옷가지들과 함께 친숙한 것이 의자 위에 남겨져 있었다. 의자 옆을 지나가는데 서로 눈이 마주친 첫 순간에 느끼곤 했던 사랑스럽고 상큼한 냄새가 피어올랐다. 그러나 침대에서 기다리고 있는 것은 미지의 낯선 냄새였다. 그는 다시 한 번 멈춰 섰다. 통카는 고개를 벽 쪽으로 돌린 채 눈을 감고 침대에 누워 있었다. 한없이 오랜 시간 동안 무섭고 고독한 두려움 속에 있는 사람처럼 보였다. 마침내 곁에 그가 있음을 느꼈을 때 통카의 눈은 눈물로 뜨거워졌다. 이어서 그에게 약속한 그녀에 대한 걱정과 두려움이 물밀듯이 밀려왔다. 그다음에는 끝없는 고독 속에서 도움을 청하는 무의미한 말이 들려오더니 곧 그의 이름으로 바뀌었다. 그리고 통카는 그의 것이 되었다. 그녀가 얼마나 신비롭게, 아이처럼 과감하게 그의 마음을 사로잡았는지, 자신을 매료시킨 그의 모든 것을 소유하기 위해 얼마나 단순한 잔꾀를 생각해 냈는지 그는 알지 못한다. 완전하게 그의 것이 되면 그만이었고 그렇게 되었다.

어떻게 그런 일이 일어났는지 나중에는 도무지 생각나지 않았다.

6

하루아침에 모든 것이 가시덩굴처럼 얽혀 버렸기 때문이다.

어느 날 통카가 임신한 사실을 알게 되었을 때는 그들이 함께 살기 시작한 지 2~3년 지난 뒤였다. 그런데 그날은 임의로 정한 날이 아니라 하늘이 점지해 준 날이었다. 날짜를 거슬러 계산해 볼 때 수태된 시점은 그가 여행을 떠나 집에 없었던 때였다. 통카 자신은 임신 상태를 언제부터 알아차렸는지 정확하게 알 수 없다고 했다.

그런 처지에 놓이면 여러 생각들이 뇌리를 스친다. 그렇지만 아무리 생각해 보아도 이번 일에 심각하게 엮일 만한 남자는 없었다.

몇 주 뒤에 운명은 더욱 뚜렷하게 제 모습을 드러냈다. 통카가 병이 든 것이다. 그것은 태아에게서 산모의 혈액 속으로 옮겨졌든지, 아니면 태아의 아버지로부터 직접 감염된 병이었다. 무섭고도 심각한 잠복성 질환이었다. 그러나 이상한 점은 간접적인 경로를 통해서 감염되었든 직접적인 경로든 추정 시기가 두 경우 다 정확하게 맞아떨어지지 않는다는 것이었다. 검사 결과, 그는 그 병에 걸리지 않았다. 그러니 통카에게 신비스러운 일이 일어났더라도, 통카가 파렴치한 죄를 지었더라도 그의 머릿속은 복잡하게 뒤엉켰다. 또 다른 자연스러운 가능성, 이론상으로는 이른바 플라토닉한 결합도 있었다. 하지만 그런 가능성은 현실적으로 제로에 가까웠다. 실제로 그가 아이의 아버지도 아니고, 병을 감염시킨 장본인도 아닐 가능성이 100퍼센트에 가까웠다.

잠깐만 생각해 봐도 이것이 현실적으로 얼마나 납득하기 힘든 일인지 이해할 수 있다. 만약 당신이 어떤 상인에게 가서 그가 혹할 만한 돈벌이에 관한 이야기가 아니라, 시국이나 부자의 도리에 대해 늘어놓는다면 그 상인은 당신이 돈을 훔치러 왔다고 여길 것이다. 한 수 가르쳐 주러 왔다고 해도 결코 넘어가지 않으리라. 판사 역시 어느 피고가 자기 집에서 발견된 증거물을 '모르는 남자'에게서 받았다고 주장해도 속지 않을 터다. 하지만 그럴 수도 있기는 하다! 아주 극단적인 거래는 실제로 이루어지기 어렵기 때문에, 상거래는 모든 가능성을 다 염두에 둘 필요가 없다는 사실에 기반을 둔다. 하지만 이론으로야 못 할 게 뭔가? 처음 통카를 데리고 찾아갔던 나이 든 의사는 그와 단둘이 남게 되자 어깨를 으쓱해 보였다. 그런 일이 있을 수 있을까요? 물론 전혀 불가능한 일은 아닙니다. 의사의 눈은 선량했지만 당혹해하는 눈치였다. 그는 이렇게 말하고 싶어 하는 것 같았다. 그 문제에 매달리지 맙시다. 그럴 확률은 인간이 측정할 수 없는 영역입니다. 학자도 인간입니다. 학자는 의학적으로 전혀 확률이 없는 일을 수용하느니 차라리 인간의 실수가 원인이라고 받아들이지요. 자연에는 예외가 드문 법이니까요.

다음에 일어난 일은, 이 미스터리를 의학적으로 해명하고

야 말겠다는 일종의 광기 어린 소송전이었다. 그는 많은 의사들을 찾아갔다. 두 번째 찾아간 의사는 첫 번째 의사와 같은 결론을 내렸고, 세 번째 의사는 두 번째 의사와 같은 생각이었다. 그는 의사들의 견해를 수긍하지 않고 여러 의학 이론을 들이대며 반론을 펼쳤다. 의사들은 아무 말 없이 그의 말에 귀 기울이든가, 아니면 구제 불능의 바보를 대하듯 미소 지었다. 의사들과 대화를 하면서, 처녀 임신이 있을 수도 있느냐고 얼마든지 물어볼 수 있었다. 아마도 그런 일은 아직 한 번도 없었다고 대답할 것이다. 그들은 그 가능성을 배제할 만한 법칙을 제시하지 못할 터다. 다만 그런 일이 아직 한 번도 없었다는 사실뿐이다. 그는 어쩔 수 없이 부정한 여자의 남편이 되느니 그런 일을 상상하고 싶었다!

누군가가 그의 면전에서 그런 말을 했을 수도 있고, 그냥 자기 머릿속에 스친 생각일지도 모르겠다. 어쨌든 혼자 그런 생각을 할 수도 있으니까. 어떤 손가락으로 어떤 단추를 채울지를 미리부터 깊이 생각하면 단추를 하나도 채울 수 없다. 그에게는 자기 이성이 확신하는 사실과 함께 또 다른 직접적인 증거도 있었는데 그것은 바로 통카의 얼굴이었다. 곡식이 자라는 들판을 걸으며 공기를 느낀다. 제비들이 날고 있다. 멀리 도시의 탑들이 보이고 처녀들이 노래한다……. 모든 것이 진실에서 멀어진다. 그녀는 진실이라는 개념을 모르는 세계에 있다. 통카는 깊숙한 동화의 세계로 옮겨 갔다. 그곳은 그리스도와 성모 마리아의 세계였고, 본디오 빌라도의 세계였다. 의사들은 통카를 잘 보살펴 주라고 했다. 그래야만 통카가 이 상태를 잘 이겨 내리라고 했다.

7

그는 이따금씩 통카에게서 억지로라도 고백을 얻어 내려고 했다. 어쨌든 그도 남자였고 바보는 아니었다. 당시 통카는 노동자들이 거주하는 지역에 있는 허름한 가게에서 일했다. 아침 7시까지 도착해야 했고 밤에는 — 늦게 오는 손님이 찔러주는 몇 푼 때문에 — 9시 30분이 넘어서야 퇴근했다. 그녀는 햇빛을 못 보고 살았고, 그들은 밤에 잠자리를 따로 했다. 그들에게 영혼을 위한 시간은 허용되지 않았다. 통카가 임신한 사실을 알았을 때 그들은 이 정도의 궁핍한 생활마저 유지하지 못할까 봐 두려웠다. 이미 재정적으로 힘들었기 때문이다. 그는 돈을 학비로 다 써 버렸고 돈을 벌 수도 없는 처지였다. 학문을 시작하는 단계에서 돈을 벌기란 어려운 일이었고 완성은 못 했지만 연구 과제의 마무리를 눈앞에 둔 상태였다. 그는 최종 마무리에 전력을 다해야 했다. 통카는 햇빛도 보지 못 한 채 근심으로 가득한 생활을 했다. 나이 들어 가면서도 매력을 뿜어내는 다른 여자들처럼 곱게 시들지 못하고, 싱싱한 초록빛이 사라지기 무섭게 누렇고 보기 싫게 변하는 부엌의 채소 쪼가리처럼 초라하게 시들어 갔다. 뺨이 창백하게 움푹 파였고 그 때문에 코가 더 튀어나와 보였다. 입도 커 보였고 심지어 귀까지도 약간 바깥쪽으로 벌어진 듯했다. 몸도 수척해졌다. 과거에 탄력 있고 풍만했던 육체는 이제 뼈만 앙상했다. 곱게 자란 그의 얼굴은 힘든 중에도 덜 상했고 질 좋은 옷들은 오래 입을 수 있었다. 그래서 통카와 외출을 할 때면 지나가는 사람들이 의아한 시선을 보냈다. 그는 허영심 또한 없지 않아서 통카에게 예쁜 옷을 사 줄 수 없다는 사실에 괜히

화를 냈다. 자기 책임이기도 한 그녀의 초라한 행색에 화가 난 것이다. 할 수만 있다면 통카에게 구름처럼 예쁜 임부복을 선사한 다음, 바람피운 일에 대한 얘기를 털어놓게 하고 싶었다. 그러나 통카에게 고백을 얻어 내려고 말만 꺼내도 그녀는 부인했다. 어떻게 그렇게 되었는지 모른다는 것이다. 옛정을 생각해서라도 속이지 말아 달라고 간청하면 얼굴에 고통의 빛이 역력해졌다. 그의 태도가 더 격해지면 거짓말이 아니라고만 했다. 그럴 때 무엇을 어떻게 할 수 있겠는가? 때리고 욕을 퍼부어야 할까, 아니면 이 끔찍한 상황에서 그녀를 버려야 할까. 그는 더 이상 통카와 자지 않았다. 고문을 하더라도 그녀는 자백하지 않았을 것이다. 그의 불신을 눈치챈 이후로 통카는 한마디도 하지 않았다. 아무리 애교를 떨어도 고독감을 달랠 수 없자 그의 완고한 고집도 완전히 힘을 잃었다. 끈기 있게 기다리는 수밖에 없었다.

그는 어머니에게 돈을 부탁하기로 결심했다. 그러나 아버지가 오랫동안 생사의 기로에 있어서 융통할 수 있는 돈이 모두 묶인 상태였다. 때가 되면 통카와 결혼하는 건 아닐까, 하는 어머니의 걱정을 알기 때문에 그는 어머니의 의사를 달리 타진해 볼 수가 없었다. 어머니는 아들이 통카 때문에 다른 여자와 결혼하지 못할까 봐 걱정했다. 걱정거리가 아들의 공부, 성공, 남편의 병, 살림으로 확대되자 직접적이든 간접적이든 이 모든 원인이 통카에게 있는 것처럼 여겨졌다. 통카가 이 연쇄적인 불행의 첫 번째 원인일 뿐 아니라 순조롭게 풀리던 일을 그녀 탓에 방해받았다고 생각하니, 어머니로서는 통카가 불행을 예고하는 흉조로 느껴졌다. 편지에서, 그리고 부모님을 찾아갈 때마다 어머니가 그렇게 생각하고 있다는 불투명한 확신을 느꼈다. 근본적으로는 아들과 통카가 가문의 오점이 될지도 모른다는 어머니의 예감이었다. 아들이 젊은 남자라면 한 번쯤 겪는 통과 의례라고 하기에는 지나치게 깊이 '그렇고 그런 여자'와 엮였기 때문이었다. 히아친트는 주의를 주지 않을 수 없었고, 히아친트의 수긍하기 힘든 설득에 당황한 그는 자신의 무분별하고 고통스러운 체험을 상기하면서 히아친트의 충고를 완강히 거부했다. 그러자 통카는 '본분을 망각한 여자'로 낙인찍혔다. 통카에게 한 집안의 평화는 안중에도 없다는 것이었다. 어머니는 그의 '발목을 잡은' 통카의 '관능적 기교'에 대해 이러쿵저러쿵 빈정대는 말은 늘어놨지만 그것은 오히려 교양 있는 어머니가 세상 물정에 어둡다는 점을 여실히 보여 줄 뿐이었다. 어머니는 답장에서 통카에게 쓰일 돈이라면 단돈 한 푼이라도 그를 불행하게 만드는 데 쓰이는 것이나 다름없다고 했다. 그는 다시 편지로 자신이 통카 아이의 아버지라고 고백했다.

답장 대신 어머니가 직접 찾아왔다.

'상황을 수습하러' 온 것이다.

어머니는 견디기 어려운 일을 겪을까 봐 겁이 났는지 집에는 발도 들여놓지 않고 호텔로 그를 불렀다. 어머니는 약간 당혹스러워했으나 의무적으로, 아들로 인해 생긴 큰 근심과 아버지의 위중한 병세, 그리고 삶의 굴레에 대해 이야기했다. 서투른 듯 노련하게 감정의 모든 허물을 다 벗어 보였다. 속이 뻔히 들여다보이는 지루한 말이었지만 연민의 감정이 담겨 있어서 그에게 혹시나 하는 마음을 품게 했다. 어머니는 "전화위복이 될 수도 있어. 한 번 놀라고 마는 거지. 앞으로는 그런 일이 없도록 조심하면 되는 거야!"라고 말했다. 이런저런 난관이 많았지만 아버지를 설득해서 돈으로 해결하도록 했다는 것이었다. 어머니는 마치 대단한 선심을 쓰듯 그 아가씨에게 아이에 대한 권리도 줄 것이며, 그 돈이면 충분한 보상이 될 거라고 했다.

태연하게 액수를 묻자 어머니는 놀라는 눈치였다. 그는 어머니의 대답을 듣고는 의연하게 고개를 저으며 "안 됩니다."라는 말만 되풀이했다.

어머니는 희망에 들떠 이렇게 대답했다.

"그래야 해! 바보같이 굴지 마라. 많은 젊은이들이 그런 어리석은 짓을 저지르지. 하지만 너처럼 고집을 부리지는 않는단다. 바로 지금이 홀가분하게 벗어날 수 있는 좋은 기회야. 그 따위 그릇된 체면 때문에 기회를 놓치는 일 없도록 해라. 너 자신을 위해, 또 우리를 위해 넌 그럴 책임이 있어!"

"어째서 좋은 기회라는 겁니까?"

"당연히 그렇지. 그 아가씨는 너보다 더 분별 있을 테니, 아이가 생기면 이런 관계는 끝나기 마련이라는 걸 알 거다."

그는 대답을 다음 날로 미루었다. 그의 내부에서 뭔가가 불을 당겼다.

그의 어머니, 이성적인 미소를 짓던 의사들, 통카에게 향하는 길 위에서 순조로이 운행되는 지하철, 혼잡한 교통을 정리하는 경관의 확고한 동작, 요란한 폭포 같은 도시, 그 모든 것이 하나를 이루었다. 그는 이 모든 것에서 단절된 텅 빈 공간 속에 있었다.

통카에게 어머니의 말대로 하겠느냐고 물었다.

통카는 예, 하고 답했다. '예.'라는 이 대답은 끔찍스러울 정도로 모호했다. 어머니의 예상대로 분별 있는 대답이었지만 그렇게 말하는 통카의 입은 혼란으로 경련했다.

다음 날 어머니의 면전에서 자기는 통카 아이의 아버지가 결코 아니며 통카는 병들었다고, 그렇지만 통카를 버리느니 차라리 자신이 병이 든 걸로, 또 아이의 아버지로 생각하고 싶다고 말했다.

엄청난 기만 앞에서 어머니는 힘없이 미소를 짓더니 아들을 안쓰럽게 바라보다가 그냥 가 버렸다. 어머니가 자신의 혈육인 아들의 오명을 막기 위해 발 벗고 나서리라는 사실을 예감할 수 있었다. 막강한 적이 그와 결탁한 것이다.

8

결국 통카는 일자리를 잃었다. 그는 진작 닥쳤어야 할 불행이 여태껏 닥치지 않았음이 전부터 불안했었다. 통카를 고용했던 상인은 키가 작달막하고 못생긴 사람이었는데, 두 사람이 궁지에 몰리자 초인적인 힘을 지닌 사람처럼 보였다. 두 사람은 몇 주에 걸쳐 머리를 맞대고 의논을 했다. 주인이 전부 눈치챈 것 같지만, 점잖은 사람이니까 불행한 처지에 있는 사람을 쫓아내지는 못할 거야. 그 사람은 눈치채지 못했어. 다행히 아직 전혀 눈치채지 못했어! 그런데 어느 날 통카는 사무실로 불려 갔고 어떻게 된 일이냐고 추궁당했다. 그녀는 한마디도 대답하지 못하고 눈물만 흘렸다. 말로 표현할 줄 모르는 통카의 특성이 이성적인 그 남자의 마음을 움직이지는 못했다. 그는 통카에게 한 달치 월급을 주고 그 자리에서 해고했다. 화가 머리끝까지 나서 지금 당장 빈자리를 채울 수 없어

난감하다느니, 통카가 취직을 할 때 그런 사실을 숨긴 것은 사기라느니 하며 고함을 질러 댔다. 상인은 사무실 직원을 밖으로 내보내지도 않고 그런 말을 퍼부었다. 통카는 자신이 아주 나쁜 사람처럼 여겨졌다. 그는 장삿속 때문에 한순간도 주저하지 않고 통카를 희생시킨, 그 볼품없고 작달막한 이름 모를 장사꾼이 내심 감탄스러웠다. 통카뿐 아니라 통카의 눈물과 아이까지 희생시킨 것이다. 그의 발명, 그들의 영혼과 운명은 어떻게 될지 알 수 없었다. 상인은 그 일체를 알지 못했고 또 묻지도 않았다.

두 사람은 이제 작은 식당에서 돈 몇 푼을 주고 소화도 안 되는 지저분하고 조악한 음식을 먹어야 했다. 그는 의무감에서 식사 시간이 되면 어김없이 통카를 데리고 왔다. 보조원과 점원 들이 오는 식당에서 비싼 옷차림을 하고 진지하게 말없이, 떨어질 수 없는 사이처럼 충직하게 임신한 통카 옆에 있는 그의 모습은 독특했다. 여러 사람들의 비웃는 시선이 느껴졌다. 인정해 주는 시선도 못지않게 많았다. 대도시의 거친 군중 속에서 머릿속으로는 발명을 생각하고, 동시에 통카의 부정을 확신하는 이 생활은 이상하기 짝이 없었다. 사람들이 비열하다는 사실을 지금처럼 강렬하게 느낀 적이 없었다. 사람들은 그가 길을 걷기만 해도 으르렁대는 개떼처럼 추격하며 몰려왔다. 각자는 욕심으로 가득 차 있었지만 전체는 하나의 무리를 이루었다. 그에게는 도움을 청하거나 최소한 자신의 운명에 대해서 말을 나눌 상대조차 한 명도 없었다. 친구를 사귈 시간도 없었지만, 친구를 사귀는 일에 흥미도, 매력도 느끼지 못했다. 그는 착상을 구체화해야 한다는 심적 부담에 시달렸다. 그 착상으로 먹고살 방법을 찾지 못하는 한 그것은 삶을 위협하는 무거운 짐이었다. 어떻게 도움을 청해야 할지도 몰랐다. 이곳에서 그는 낯선 사람이었다. 그러면 통카는 누구였던가? 그와 똑같은 정신의 소유자? 아니다. 그와 일치하는 듯 보이는, 그와 한패가 된, 숨겨진 비밀을 지닌 낯선 피조물이었다!

벌어진 작은 틈새로 희미한 빛이 비쳤다. 그의 생각들이 방향을 잡아 나가기 시작했다. 그는 한 가지 발명에 열중했는데 그것은 다른 사람들에게도 의미가 컸다. 그 발명에는 사고 이외에도 무언가 더 있었다. 그것은 용기, 결코 빗나가지 않았던 확신과 예감, 별을 좇듯 그가 추구했던 건전한 생활 감각 등이었다. 발명을 할 때 그는 확률이 더 큰 쪽만을 따랐는데 늘 그중 하나가 맞았다. 모든 것이 본래 모습대로 존재할 수 있다고 믿고, 본래 모습에 도달하기 위해 다른 면을 발견해 내려고 애썼다. 통카에게 했던 방식으로 의혹을 파헤치려 했다면 발명을 끝내지 못했으리라. 생각한다는 것은 너무 깊이 생각하지 않음을 의미한다. 무한한 발명의 재능을 어느 정도 포기하지 않으면 발명은 이루어지지 않을 터다. 그의 삶의 절반은 증명할 길 없는 행운과 신비한 별 아래에 있는 것 같았으나 나머지 절반은 빛을 발하지 못했다. 통카와 함께 경마 복권을 샀다. 추첨 번호표가 나왔고 통카를 기다렸다. 경마장으로 가는 도중에 함께 경주마 목록을 사서 읽어 볼 생각이었다. 1등에 당첨되어 봤자 몇천 마르크밖에 되지 않는 별 볼 일 없는 복권이었다. 하지만 상관없었다. 당첨만 된다면 코앞에 닥친 일을 해결할 수 있을 테니까. 몇백 마르크만 있어도 통카에게 가장 필요한 옷과 속옷 들을 사 줄 수 있다. 건강을 해치는 다락방에서 그녀를 해방시켜 줄 수도 있을 것이다. 20마르크만 되어도 기운이 나리라. 새 복권을 살 수 있을 테니 말이다. 겨우 5마르크에 당첨되더라도 낯선 고장에서 생존하려는 시도가 받아들여졌다는 좋은 징조가 될 것이다.

그러나 세 장 모두 허탕이었다. 물론 그때는 재미로 샀다. 그런데 통카를 기다릴 때부터 이미 그의 마음속에는 실패할 것 같은 허탈함이 자리했으며 희망과 절망 사이를 오갔다. 쓸데없이 복권을 사느라 낭비한 20페니히조차도 그의 처지에서는 큰 손실이었다. 불현듯 자신에게 악의를 품은 보이지 않는 힘을 느꼈다. 적에게 둘러싸인 느낌이었다.

그 결과 그는 정말로 미신을 믿게 되었다. 저녁에 통카를 데려올 때는 미신을 믿는 인간이었고, 내면의 또 다른 인간은 학자처럼 연구에 몰두했다. 그는 반지 두 개를 교대로 바꿔 가면서 끼었다. 둘 다 값비싼 반지로, 하나는 오래된 귀중한 반지였고 부모님께 선물로 받은 다른 반지는 평범한 물건이었다. 그런데 비싸지만 흔한 새 반지를 낀 날에는 귀한 반지를 낀 날보다 나쁜 일이 덜 생긴다는 점을 깨달았다. 그때부터 귀한 반지는 더 이상 낄 엄두도 내지 못하고 멍에처럼 새 반지를 끼고 다녔다. 어느 날 우연히 면도를 하지 않았더니 행운이 찾아왔다. 이튿날, 불안하기는 했지만 면도를 했더니 그 위반의 대가로 또다시 불행이라는 — 그의 처지에서는 어이없는 일이라기보다는 불행이었다. — 벌을 받았다. 그때부터 그는 수염을 어떻게 해야 할지 결정을 하지 못했다. 수염이 자라면 조심해서 끝만 다듬어 주었다. 나중에 슬픈 일이 닥쳤을 때도 몇 주 동안 줄곧 수염을 길렀다. 수염은 그를 보기 흉하게 만들었다. 그러나 이 수염은 꼭 통카 같았다. 보기 흉할수록 더욱 세심하게 보살펴야 했기 때문이다. 마찬가지로 실망이 클수록 통카를 향한 그의 감정은 깊어졌다. 수염 역시 보기 흉할수록 내적으로는 행운의 상징이었다. 통카는 수염을 좋아하지 않았고 그를 이해하지 못했다. 통카가 없었다면 이 수염이 얼마나 보기 흉한지 알지 못했으리라. 자신을 비춰 볼 타인이 없으면 그만큼 자신에 대해서 알 수 없는 법이니까. 막막하다 보니 가끔 통카가 죽으면 좋겠다고 바라기도 했다. 그러면 견디기 힘든 이 생활도 막을 내리게 될 테니 말이다. 수염을 좋아한 까닭은, 수염이 모든 것을 위장하고 은폐해 주기 때문이었다.

9

여전히 그는 이따금 별 악의 없는 척 통카에게 기습적으로 질문을 던졌다. 부드러운 목소리로 질문해서 통카의 경계심을 풀려고 했다. 그러나 정작 더 자주 기습당하는 사람은 그 자신이었다. "진실을 숨기는 것은 아주 어리석은 일이야. 우리 사이가 다시 솔직해질 수 있도록 말해 줘. 어떻게 그렇게 된 거지?" 하고 그는 속삭이듯 물었다. 그녀의 대답은 한결같이 이 한마디였다. 날 믿지 못하겠거든 떠나게 해 주세요. 그것은 의지할 곳 없는 자신의 처지를 악용한 말이었다. 또 가장 진실한 대답이기도 했다. 의학적, 철학적 근거도 그녀를 변호할 수 없었으며 그녀를 변호해 줄 수 있는 것은 오직 진실한 됨됨이뿐이었다.

통카를 혼자 두기가 불안해서 외출할 때도 데리고 나갔다. 확실한 것에 대해서는 두려워하지 않았지만 넓고 낯선 거리에서 아는 사람이라고는 그녀밖에 없다는 사실이 불안했다. 저녁에 통카를 데리러 갈 때, 산책을 할 때, 혹은 어슴푸레

한 어둠 속을 거닐 때 인사도 않고 그냥 지나쳐 가는 어떤 남자를 보면 꼭 안면 있는 사람 같았다. 그럴 때 얼핏 통카의 얼굴이 붉어졌고, 문득 전에 무슨 일 때문인지 그가 주선한 모임에 갔던 기억이 났다. 동시에 통카의 순진무구한 얼굴에 떠오르는 믿음과 똑같이 '이 사람이 그 남자다!'라는 확신이 들었다. 어떨 때 그 남자는 잠깐 알고 지낸 돈 많은 무역 회사 사원인 것 같았고, 어떨 때는 한때 카바레에서 노래를 불렀으나 목소리를 잃고 통카와 같은 집에 묵었던 테너 가수인 것 같았다. 그러나 우습게도 매번 그들은 통카와 상관없는 남자들로 확인됐다. 그 사람들은 노끈으로 묶은 지저분한 짐 보따리처럼 그의 기억 속에 내던져졌다. 진실을 담고 있는 짐 보따리의 노끈을 풀려고 하기가 무섭게 고통스러울 만큼 무력한 먼지 더미만 남았다.

통카의 부정에 대한 확신은 어딘지 꿈 같은 구석이 있었다. 통카는 사람의 마음을 움직이는 말없고 부드러운 순종으로 그의 이러한 확신을 잘 견디어 냈다. 왜 이러한 순종이 모든 것을 설명해 줄 수 없는 걸까? 기억을 더듬어 보면 얼마나 모호한 것투성이인가! 그가 하자는 대로 쉽게 따르는 통카의 태도는 무심함일 수도 있고 마음의 확신일 수도 있었다. 그에게 보여 준 헌신은 타성일 수도, 행복감일 수도 있었다. 그러나 개가 주인을 따르듯이 그를 따랐다면 다른 주인도 잘 따랐으리라. 그는 첫날밤에 그 사실을 깨달았다. 그날이 첫날밤이긴 했던가? 영혼의 징후에만 신경 썼기 때문에 육체적 징후에 대해서는 뚜렷하게 기억나지 않았다. 이제는 너무 늦었다. 그녀의 침묵이 모든 것을 뒤덮었다. 그 침묵은 순진무구함이나 고집일 수도 있지만 교활함이나 고통, 후회 또는 두려움일 수도 있었다. 어쩌면 그에 대한 부끄러운 마음인지도 몰랐다. 이 모든 것을 다시 겪는다 한들 무슨 소용이 있겠는가. 한 인간을 불신하면 아무리 명백한 정절의 증거도 부정의 증거가 된다. 한 인간을 믿으면 부정의 증거가 명백해도 소용없다. 그것은 어른한테 다짜고짜 쫓겨난 아이처럼 억울하게 오해받은 정절의 증거가 된다. 그 자체로만 해석할 수 있는 것은 아무것도 없다. 하나는 다른 것과 연결되어 있어서 전체를 다 믿든지 불신해야 하며 그것을 사랑하든지 속임수로 간주해야 한다. 통카를 안다는 것은 특정한 방식으로 그녀의 말에 대답하는 것, 그녀가 누구인지 말해 주는 것을 의미했다. 그녀가 어떤 사람인가는 그에게 달려 있었다. 그러자 통카는 그를 동화처럼 부드럽게 현혹하면서 혼란스럽게 엉클렸다.

그는 어머니에게 편지를 썼다. 통카의 다리는 발끝부터 무릎까지의 길이와 무릎부터 상체까지의 길이가 똑같습니다. 긴 두 다리가 마치 쌍둥이처럼 지칠 줄 모르고 걸어갑니다. 그녀의 피부는 곱지 않지만 희고 맑습니다. 가슴은 무거워 보이고 겨드랑이에는 검은 털이 수북하게 나 있습니다. 가냘픈 하얀 몸을 부끄러워하는 듯한 모습이 사랑스럽습니다. 풍성하게 다발 진 머리채가 양쪽 귀밑까지 흘러내립니다. 가끔 통카는 파마를 하든지 머리 손질을 해야겠다고 합니다. 그녀는 꼭 하녀 같습니다. 물론 그 일은 그녀가 일생에서 단 한 번 저지른 나쁜 일이긴 하지요…….

어머니에게 이런 편지를 쓰기도 했다. 이탈리아의 안코나와 피우메의 중간, 어쩌면 벨기에의 미델케르르케와 미지의 도시 중간에 등대가 있어서 그 불빛이 밤마다 부챗살처럼 바다 위를 비추어 줍니다. 부챗살처럼 말입니다. 그러면 아무것도 보이지 않다가 또 보이다가 합니다. 그리고 베나탈 초원에는 에델바이스가 피어 있습니다.

그건 지리학인가요, 식물학인가요, 항해술인가요? 그건 하나의 얼굴이고 존재하는, 유일하게 영원히 존재하는 무엇입니다. 바로 그렇기 때문에 또 존재하지 않는 무엇입니다. 그렇다면 그것은 무엇인가요?

물론 그는 이 황당한 내용의 편지를 한 번도 부치지 않았다.

10

확신을 확신으로 만들기에는 알 수 없는 뭔가가 빠져 있었다.

언젠가 어머니, 히아친트와 함께 밤에 여행을 떠난 적이 있었다. 정신없이 졸음이 쏟아지는 새벽 2시쯤 기차 안에서 몸이 이리저리 흔들리기에 붙잡을 것을 찾는데 그때마다 어머니가 히아친트에게 기대어 있는 것처럼 보였다. 두 사람의 뜻이 일치된 것 같았다. 히아친트는 어머니의 손을 잡고 있었다. 그는 당시에 너무 화가 치밀어서 눈을 부릅떴다. 아버지가 안됐다는 생각이 들었다. 그런데 다시 몸을 내밀고 보니 히아친트 혼자 앉아 있었고 어머니는 그와 반대쪽으로 고개를 기울이고 있었다. 잠시 후에 다시 원래 자리에 기대면 그 모든 과정이 반복되었다. 확실하지도 않은 그 장면을 목격한 뒤 그의 고통은 너무나 컸다. 고통 때문에 어둠 속에서 확실하게 보지 못했던 것일까? 그는 확실하다고 중얼거리며 아침이 되면 어머니에게 물어보리라고 마음먹었다. 그러나 날이 밝자 어둠과 함께 그 생각도 사라져 버렸다. 또 다른 여행 중에 어머니가 몸이 안 좋아서 히아친트가 대신 아버지에게 편지를 써야 했다. 히아친트는 "대체 뭐라고 쓰지?" 하고 언짢다는 듯 물었다. 어머니와 떨어져 있을 때는 으레 몇 장씩 편지를 썼던 사람이 말이다! 그는 히아친트와 옥신각신했고 화가 났다. 어머니 상태가 더 나빠져서 어머니를 도우려고 손을 뻗을 때마다 계속 히아친트의 손과 부딪쳤고 그는 연거푸 그 손을 뿌리쳤다. 히아친트가 슬픔에 잠긴 목소리로 물었다. "왜 그렇게 계속 날 밀쳐 내는 거지?" 불행하게 들리는 히아친트의 목소리에 놀랐다. 사람은 자기가 안다고 생각하지만 잘 모르고, 자기가 어떤 것을 원한다고 생각하지만 실은 그렇지 않다.

이것은 이해가 간다. 그는 방에 앉아 질투심 때문에 괴로워하면서도 그건 질투가 아니라 그것과는 거리가 먼 다른 감정, 굳이 만들어 낸 이상한 감정이라고 스스로에게 말했다. 이것은 그 자신의 감정이었다. 고개를 들어 쳐다보면 다 제자리에 있었다. 벽지는 초록색과 회색이었고 문은 불그스름한 갈색이었으며 불빛은 조용히 방 안을 비추었다. 문의 경첩은 어두운색의 구리로 만들어졌다. 방 안에 있는 포돗빛 벨벳 의자의 테두리는 갈색 마호가니로 되어 있었다. 이 모든 사물들은 뭔가 비스듬하고, 앞으로 기울어 있고, 똑바로 서 있는데도 쓰러질 듯 보였다. 이것들은 무한하고 무의미해 보였다. 눈을 감고 주변을 둘러보았다. 이제 눈은 없었다. 사물들이 보였다. 사물들에 관해 말하자면, 사물 자체보다도 사물이 틀림없이 거기 있다는 믿음이 더 중요했다. 세상을 세간의 눈이 아닌 자기 시각으로 보면, 세계는 밤하늘의 별처럼 슬프게 서로 떨어져 살아가는 무의미한 낱낱으로 분리된다. 창밖을 내다보기만 해도 갑자기 아래에서 대기하는 마부의 세계 속으로 길을 지나가던 공무원의 세계가 비집고 들어왔고, 거리는 조각나고, 구역질 나는 것들로 뒤죽박죽 뒤섞였으며, 세계 긍정과 자기 신뢰라는 궤도의 구심점에도 혼란이 생겼다. 이 모든 분리와 혼란 상태는 위도 아래도 없는 세상을 똑바로 걸어가는 데 도움이 되었다. 욕망과 지식과 감정이 실타래처럼 뒤엉켰다. 그런데 우리는 실마리를 놓칠 때에야 비로소 그것을 깨닫곤 한다. 혹시 진실의 실마리가 아닌 다른 것을 통해 세상 속으로 걸어 들어갈 수 있을까? 냉정한 겉치레가 그를 다른 모든 것과 분리시키는 순간, 통카는 동화 이상의 존재였다. 그녀는 거의 하나의 소명과 같은 존재였다.

통카를 아내로 맞든지 아니면 그녀에게서 떠나 이런 생각들을 떨쳐 버려야 한다고 그는 혼잣말을 했다.

이도 저도 선택하지 않더라도 그를 나쁘게 생각할 사람은 아무도 없을 것이다. 왜냐하면 그 모든 생각이나 인상 들은 그 나름대로 그럴 만한 이유가 있을 테니까. 지금에 와서 그것들이 절반은 망상이라는 사실을 의심하는 사람은 아무도 없지 않은가. 그런 생각을 하기는 했지만 진지하게는 아니었다. 가끔 시험당하는 것 같은 기분이 들었다. 그러나 정신을 차리고 다른 남자에게 말하듯이 다시 자신에게 말을 걸 때면 이렇게 혼잣말을 했다. 그 시험은 그가 바보같이 속았을 99퍼센트의 확률을 무시하고 억지로 통카를 믿을 것이냐 아니냐를 묻는 질문일 뿐이라고. 어쨌거나 그 부끄러운 확률은 벌써부터 상당 부분 그 의미를 잃었다.

11

이상하게도 그때는 학문적으로 큰 성공을 거둔 시기였다. 중점 과제를 해결했고 곧 결과물이 나올 예정이었다. 벌써부터 사람들이 그를 찾아오기 시작했다. 화학에 관한 이야기만 나누었음에도 사람들은 그에게 확신을 주었다. 모두들 그가 성공하리라고 믿었다. 성공의 확률은 이미 99퍼센트였다! 그는 일에 전념하는 것으로 마음을 달랬다.

시민 계급으로서의 입지가 탄탄해지고 이른바 세속적인 의미에서는 성숙 상태에 들어선 반면, 일에서 손떼기가 무섭게 그의 생각은 확고한 궤도에서 벗어나 통카라는 존재만을 떠올렸다. 그러면서 매일 같은 길에서 마주치는 낯선 사람들처럼, 속마음은 드러내지 않은 채 사람들을 만나고 헤어지는 생활이 시작되었다. 그중에는 통카와 부정을 저질렀다고 의심했던 노래 잘하는 점원도 있었다. 모든 사람들이 그때그때 통카에 대한 어떤 확신과 연관되었다. 이들은 대단한 일을 저지른 것이 아니라 그냥 존재했을 뿐이다. 그들이 가공할 만한 일을 저질렀다 한들 별 의미도 없었다. 가끔 이들은 한 인물 속에 두 가지 혹은 그 이상의 모습을 가지고 있어서 쉽게 질투할 수가 없었다. 이런 일들은 맑은 공기만큼이나 투명했고 더욱 명료해져서 모든 이기심에서 벗어난 자유와 무념 상태에 이르렀다. 이러한 자유와 무념이라는 확고한 지붕 아래에서 세상의 우연한 일들은 전부 하찮게 보였다. 그런 일들은 꿈이 되어 버렸다. 어쩌면 본래 꿈이었는지도 몰랐다. 어려운 일을 해결하고 나면 곧바로 이 일이 그의 본연의 삶이 아니라는 경고를 받은 듯 어렴풋한 꿈의 세계 너머로 비약했다.

이렇게 현실처럼 생생한 꿈은 깨어 있는 상태보다 더 깊은 단계에 있었다. 꿈들은 천장이 낮고 다채로운 색깔로 꾸며진 방처럼 따스했다. 꿈에서 통카가 할머니의 장례식 때 울지 않았다고 숙모에게 심하게 꾸중을 들었다. 웬 흉측한 사내가 통카 아이의 아버지라고 고백하기도 했다. 의아하게 쳐다보던 통카는 부인하지 않고 미소만 지으며 그 자리에 서 있었다. 방에는 붉은 카펫이 깔려 있고 초록 화초들이 있었으며 벽은 파란 별들로 장식되어 있었다. 그러나 무한성을 향해 바라보면 카펫은 초록색이었고 화초에는 커다란 루비색 잎이 달려 있었다. 또 벽은 부드러운 살갗처럼 은은하게 노란빛을 발했다. 통카는 달빛처럼 푸르게 그 자리에 서 있었다. 그는 소박한 행복으로 도피하듯 이 꿈속으로 도피했다. 이 꿈들은 그의 비겁함을 보여 주는 증거에 불과하리라. 꿈은 모든 일이 잘 풀리려면 통카가 고백을 해야 한다고 일러 주는 것이라 할 수 있다. 이런 꿈을 너무 자주 꾸자 혼란스러워졌다. 그러나 이 꿈에는 점점 더 높이 기어올라 꿈에서 빠져나오려고 애쓰는, 비몽사몽한 상태의 견디기 힘든 긴장 따위는 없었다.

꿈에서 통카는 늘 사랑만큼이나 위대했고 더 이상 그를 따라온 키 작은 점원이 아니었다. 그녀는 끊임없이 다르게 보였다. 어떤 때는 있지도 않은 그녀의 여동생인가 하면 가끔은 치맛자락이 스치는 소리, 울렸다 사라지는 다른 목소리, 전혀 낯선 놀라운 몸짓, 미지의 모험과도 같은 황홀한 매력이 되었다. 모두 꿈에서나 가능한 것들로 그녀의 부드럽고도 친근한 이름이 그를 모험으로 이끌었다. 모험이 성취되지 않은 긴장 상태에 있을 때도 편안한 행복감을 느꼈다. 이러한 이중적인 표상들과 더불어 자유롭게 보이지만 실체 없는 애정과 초인적인 친밀감이 그의 마음속에 싹텄다. 하지만 그런 감정이 통카에게서 멀어지려는 건지 아니면 통카와 결합하려는 건지는 확실히 알 수 없었다. 곰곰이 생각해 보면 사랑의 불가사의한 전이 능력과 독립성은 깨어 있는 상태에서도 드러나야 한다. 사랑할 때 생기는 감정의 근원이 연인에게 있는 것 같지만 사실은 그렇지 않다. 이 감정들은 빛처럼 연인 뒤에 배경으로 자리한다. 꿈에서는 사랑과 연인을 구분해 주는 섬세한 금이 있는 반면, 깨어 있을 때는 그것이 사라져서 마치 그저 그림자놀이의 제물이 되는 것 같고, 사실은 그렇지 않은 한 인간을 훌륭한 인간으로 믿도록 강요하는 것 같았다. 그는 통카 뒤에 이 빛을 세울 수가 없었다.

당시 그가 자주 말(馬)을 생각했다는 점은 그것과 연관 있고 분명 특별한 의미가 있었다. 그것이 상징하는 바는 통카일 수도 있고 어쩌면 당첨되지 않은 경마 복권일 수도 있었다. 아니면 그의 유년기일 수도 있었다. 놋쇠와 가죽을 박은 무거운 마구를 갖춘 아름다운 갈색 말과 얼룩말들이 떠올랐기 때문이다. 가끔 그의 마음속에서 동심이 타올랐다. 그때 관용, 선, 믿음은 아직 의무 사항이 아니었다. 이런 것들에 신경 쓰지 않고 모험과 해방이라는 마법의 정원에 들어간 기사처럼 행동했다. 그것은 어쩌면 소멸 직전의 마지막 빛, 아물어 가는 상처가 주는 자극에 불과했는지도 모른다. 말들은 항상 나무를 운반했고, 말발굽으로 다리를 밟아 건너갈 때는 둔탁하게 나무 울리는 소리가 났다. 하인들은 짧은 보라색 재킷과 갈색 체크무늬 재킷을 입고 있었다. 이들은 모두 다리 중간에 있는 양철 예수상이 달린 커다란 십자가 앞에서 모자를 벗었다. 겨울날 다리 옆에서 이 모습을 바라보는 어린 소년만이 모자를 벗지 않았다. 신을 믿기에는 이미 영리할 대로 영리했기 때문이다. 그는 갑자기 외투 단추를 채울 수가 없었다. 도무지 채워지지가 않았다. 추위에 곱은 작은 손가락으로 단추를 잡아당겨 구멍에 끼우려 하면 단추는 원래 있던 자리로 다시 튕겨 나왔고 손가락은 어쩌지 못하고 굳어 버렸다. 다시 시도했지만 그때마다 손가락이 뻣뻣해져서 이러지도 저러지도 못한 채 끝나고 말았다.

그는 특히 이 기억이 자주 떠올랐다.

12

이러한 불확실함 속에서도 임신은 진전되어 현실이 무엇인지를 보여 주었다.

통카의 발걸음은 무거워져서 그녀를 받쳐 줄 팔이 필요한 때가 되었다. 무거운 몸은 신비스러울 만큼 따뜻했고, 다리를 떡 벌리고 앉는 모양새는 둔중하고 눈물겨울 정도로 보기 흉했다. 불가사의한 이 모든 변화가 거침없이 일어나서 통카의 몸을 식물의 포자낭처럼 만들어 버렸고, 모든 치수를 변화시켰으며 엉덩이를 펑퍼짐하고 처지게 했다. 무릎의 튀어나온 뼈 부분은 아예 없어졌고 목은 더 굵어졌다. 가슴은 암소의 젖처럼 변해 버렸으며 배에는 붉고 푸른 가는 핏줄이 잔뜩 드러났다. 피가 얼마나 표피 가까이에서 도는지 깜짝 놀랄 정도였다. 그것은 죽음을 의미하는 듯했다. 억지로 간신히 붙어 있는 듯한 새로운 몸은 괴이한 형상이었다. 그런 모습은 눈의 표정에서도 드러났다. 통카는 멍한 눈빛으로 한참 동안 사물들을 응시하다가 느릿느릿 시선을 떼었다. 가끔은 그를 응시하기도 했다. 그녀는 다시 자잘한 그의 일들에 대해 걱정했고, 힘들어하면서도 그의 시중을 들었다. 마치 오로지 그를 위해서 살고 있음을 마지막으로 증명해 보이려는 것 같았다. 보기 흉하게 일그러진 자신의 모습에 일말의 부끄러운 기색도 없었다. 다만 둔한 몸으로 그를 위해 많은 것을 해 주고 싶다는 소망만이 있었다.

그들은 예전처럼 자주 함께 있었다. 많은 얘기를 나누지는 않았지만 임신 증상이 시곗바늘처럼 진행되어 갔기 때문에 곁을 지켰다. 그들은 어찌해야 좋을지 난감했다. 서로 말이라도 꺼내야 할 텐데 시간만 하염없이 흘러갔다. 그의 숨겨진 또 다른 자아는 가끔 애써 할 말을 찾았지만, 모든 것을 전혀 다른 가치에 따라 측정해야 한다는 인식뿐이었다. 그러나 인식이란 늘 그렇듯이, 통카의 임신에 대한 그의 인식도 모호하고 불확실했다. 시간은 흐르고 흘러서 사라져 갔다. 그의 생각보다도 벽의 시계가 현실에 더 가까이 있었다. 그곳은 대단한 일이라고는 없는 소시민의 방이었다. 그들은 방 안에 앉아 있었다. 둥근 부엌 시계는 요리 시간을 알리고 있었다. 그의 어머니는 편지로 공격을 퍼부었다. 편지에는 모든 것이 의학적으로 규명되어 적혀 있었다. 어머니는 더 이상 돈을 보내지 않았으며 대신 아들을 정신 차리게 하려고 의사의 소견을 듣는 데에만 돈을 썼다. 그는 어머니의 심정을 잘 이해했기 때문에 나쁘게 생각하지 않았다. 한번은 통카가 부정한 짓을 저지른 것이 틀림없다는 새로운 의사 소견서를 보냈다. 그것은 그의 마음속에 경종을 울려 주기보다는 놀랍게 했고 그렇게 기분이 나쁘지도 않았다. 그때의 상황이 어땠을지 생각해 보았지만 그의 마음을 움직이지는 못했다. 다만 한순간의 혼란으로 괴로움을 겪는 통카가 가여웠다. 그렇다, 그는 기쁜 표정으로 불쑥 이렇게 말하지 않도록 조심해야 했다. '통카, 잘 들어. 마침내 우리가 잊고 있던 일이 생각났어. 당신이 부정을 저지른 상대가 누군지 말이야!'라고. 모든 것은 그렇게 흘러갔고 새로운 일은 일어나지 않았다. 시계, 그리고 오랜 정(情)만 있었을 뿐.

그들은 말을 나누지는 않았지만 이 정은 서로의 육체를 갈망하는 순간을 가져다주었다. 이 순간은, 한동안 못 보다가 허물없이 방으로 들어오는 오랜 벗처럼 그렇게 찾아왔다. 좁은 마당 저편의 창문들은 어두운 그늘 속에 있었다. 사람들은 일하러 갔고 아래쪽 마당은 우물 안처럼 어두웠다. 납으로 된 유리창처럼 태양이 집 안을 밝혔고 모든 사물들을 선명히 드러내 보였으며 죽은 듯이 비춰 주었다. 하루는 낡은 작은 달력이 펼쳐져 있었다. 방금 통카가 그 달력을 넘겨 본 것 같았다. 하루를 기념하기 위한 피라미드처럼 넓고 하얀 지면 한 페이지에 조그맣게 빨간 느낌표가 표시되어 있었다. 나머지 페이지는 물건값이나 구입 내역 같은 일상생활에 대한 메모로 채워져 있었다. 그 페이지에만 느낌표 말고는 아무것도 적혀 있지 않았다. 그는 통카가 숨기고 있는 그 사건이 일어난 날을 기억하기 위한 표시라고 굳게 믿었다. 시기도 대략 맞아떨어지는 것 같았다. 그런 확신이 들자 머리에서 피가 거꾸로 솟구치는 듯했다. 그러나 그 순간뿐이었고 다시 사라져 버렸다. 이 느낌표를 믿는다는 건 기적을 믿는 것과 마찬가지리라. 절망적인 점은 둘 중 어느 것도 믿을 수 없다는 사실이었다. 다음 순간 깜짝 놀란 사람은 통카였다. 통카는 그가 달력의 그 페이지를 펼쳐 들고 있음을 알았다. 방 안의 기묘한 불빛 탓에 사물들은 이제 미라처럼 보였다. 몸은 차갑고 손가락은 얼음장 같았으며 오장육부는 뜨거운 실뭉치처럼 생명의 온기를 단단히 붙잡고 있었다. 예전에 의사가 통카에게 최선을 다해 몸을 잘 보살펴야 한다고, 안 그러면 불행한 일을 당할지도 모른다고 주의를 주었다. 그러나 그는 이 순간만큼은 의사들 말을 믿으면 안 된다고 생각했었다. 다른 측면에서 보아도 모든 노력이 헛수고로 끝나고 말았다. 아마도 통카의 힘이 너무도 미약했으리라. 그녀는 태어나다가 만 신화로 남았다.

"이리 와 봐요." 하고 통카가 말했다. 슬프게도 그들은 상황을 그저 지켜보면서 고통과 따스함을 함께 나누었다.

13

통카는 병원으로 옮겨졌지만 병세가 악화되기 시작했다. 정해진 시각에만 문병이 가능했다. 그렇게 시간은 흘러갔다.

통카가 집을 떠나던 날, 그는 수염을 깎았다. 그제야 다시 본래의 자신으로 돌아왔다.

그는 통카가 바로 그날, 돈을 아끼느라 미루어 오다가 이제는 아무것도 할 수 없다는 두려움에 앞뒤 안 가리고 어금니를 뽑아 버렸다는 사실을 알았다. 이것은 그녀가 병원으로 가기 전에 스스로 선택한 마지막 행위였다. 절대 남의 도움을 받으려고 하지 않아서 그녀의 볼은 이제 애처로울 정도로 홀쭉하게 야위었다. 그때 다시 그의 꿈자리가 더 사나워졌다.

한 가지 꿈이 여러 형태로 반복되었다. 피부가 창백하고 초라한 금발 소녀가 그의 새 애인이 다른 남자와 눈이 맞아 도망갔다고 말했다. 그는 궁금해서 "그러면 통카가 더 좋은 여자였다고 생각하니?"라고 물었다. 그는 고개를 저으며 실망스러운 얼굴을 했다. 통카가 미덕을 갖춘 여자라고 확실하게 말해 주길 바랐기 때문이었다. 그는 소녀의 단호한 대답이 가져다줄 기분 좋은 안도감을 맛보고 있었다. 그러나 앞에 있는 소녀의 얼굴 위로 서서히 미소가 퍼지는 모습을 보았다. 소녀는 "아, 그 여자는 끔찍한 거짓말을 했어요. 상냥했지만 그녀의 말은 한마디도 믿을 수 없었어요. 항상 사교계의 멋진 여자가 되고 싶어 했어요."라고 말했다. 그는 칼로 베는 것 같은 소녀의 미소 때문이 아니라, 마지막 말로 인한 노골적인 흥분을 참을 수 없음이 가장 고통스러웠다. 잠을 잘 때 몽롱한 상태에서 느낀 흥분이 마치 그의 영혼에서 들려오는 소리 같았기 때문이다.

그는 통카의 침대 옆에 앉아 있을 때 대체로 아무 말도 하지 않았다. 전에 꾼 꿈에서처럼 관대해지고 싶었다. 발명을 위한 연구에 쏟은 힘을 조금이라도 통카에게 썼더라면 그는 비상할 수도 있었을 터다. 전에 의사들은 그의 몸에서 아무 이상을 발견하지 못했다. 그래서 그가 통카와 신비한 사건에 얽혔을 가능성도 있다. 통카를 믿기만 하면 그는 몸이 아팠다. 다른 시대였다면 가능할 수도 있겠다고 혼잣말을 했다. 그는 벌써 그런 상상을 하면서 즐거움에 빠지곤 했다. 옛날이라면 통카는 군주들이 스스로를 그리 대단한 존재로 생각하지 않고 구혼할 만큼 유명한 처녀였을 것이다. 그러나 오늘날에는 어떨까? 이 문제에 대해 한 번쯤 깊이 생각해 봐야 할 것이다. 그는 통카의 침대 옆에서 다정하게 잘 대해 주었다. 그러나 널 믿는다는 말만큼은 하지 못했다. 오래전부터 그녀를 믿고 있었으면서도. 그는 더 이상 통카를 불신하지 않을 정도로만, 그녀에게 화를 내지 않을 정도로만 통카를 믿었다. 이성적으로 그로 인한 모든 결과를 책임질 정도까지 믿은 것은 아니었다. 그렇기 때문에 그는 온전하게 지상에 발붙일 수 있었다.

의사, 진찰, 규정 등 병원 풍경들이 그를 괴롭혔다. 그녀는 세상에게 붙잡혀 침대에 묶여 있었다. 벌써부터 그는 통카가 없는 것 같은 느낌이 들었다. 통카는 이 세상에서 자기에게 일어난 일의 저 아래 깊은 곳에 속한, 더 심원한 존재일 수도 있다. 심오한 존재를 위해 싸우려면 이 세상의 모든 것과 달라야 하지 않을까. 그는 이미 어느 정도 세상에 굴복한 상태였기 때문에 떨어져 있은 지 며칠 되지도 않았는데 벌써 그녀와 멀어진 존재가 되었다. 늘 어느 정도는 공감했던 통카의 낯설고도 너무나 단순한 삶을 이제는 매일 고쳐 줄 수 없었기 때문이다.

그는 통카의 병상을 지키며 별로 말을 하지 않는 대신 그녀에게 편지를 썼다. 편지에서 평소에 하지 못한 말을 털어놓았다. 그는 고결한 연인에게 쓰듯이 진지하게 썼다. 그러나 '너를 믿는다!'라는 말 앞에서는 편지도 멈추고 말았다. 통카의 답장이 없자 그는 당혹스러웠다. 그때야 지금까지 쓴 편지를 한 번도 부치지 않았다는 사실을 깨달았다. 편지의 내용들은 확신을 가지고 쓴 것이 아니었고 편지 쓰는 것 외에 달리 방도가 없는 상황이라서 썼을 뿐이었다. 그 순간 자신의 생각을 표현할 수 있음이 얼마나 좋은지 깨달았다. 통카는 그렇게 할 줄을 몰랐다. 그 순간 그는 통카의 본질을 명확하게 인식했다. 그녀는 한여름에 외로이 떨어지는 눈송이였다. 하지만 다음 순간 그 말은 통카의 본질을 설명해 주지 못했다. 어쩌면 그녀는 그저 착한 여자일 뿐인지도 모르겠다. 시간은 너무도 빨리 흘러갔다. 그러던 어느 날, 그는 통카가 더 이상은 살기 힘들 것 같다는 선고를 듣고 말할 수 없이 놀랐다. 그는 통카를 잘 보살펴 주지 못한 경솔한 행동을 심하게 자책했다. 통카에게 그런 자책감을 털어놓자 그녀는 최근에 꾼 꿈 이야기를 들려주었다. 통카도 꿈을 꾸었던 것이다.

잠을 자면서 내가 곧 죽을 걸 알았어요. 통카는 말했다. 이해할 수 없는 건 내가 그 사실을 알고 아주 기뻤다는 거예요. 버찌 한 봉지를 손에 들고 있었는데 이런 생각이 들었어요. 어서 서둘러 먹어야지! ……

다음 날 그는 더 이상 통카를 볼 수 없었다.

14

그는 중얼거렸다. 어쩌면 통카는 내가 생각한 만큼 착한 여자가 아니었을지도 몰라. 그러나 바로 그 점에서 통카의 신비한 선(善)의 본질이 드러났다. 그것은 개에게나 어울릴 만한 것이었다.

모든 것을 휩쓸어 가는 돌풍처럼 메마른 고통이 그를 엄습했다. 더 이상 너한테 편지를 쓸 수 없어. 더 이상 널 볼 수 없어, 하고 그는 온몸으로 울부짖었다. 내가 하느님처럼 네 곁에 있어 줄게. 그는 스스로를 위로했다. 그 순간에는 어떤 생각도 할 수 없었다. 가끔은 이렇게 소리치고 싶었다. '도와줘, 네가 날 좀 도와줘! 이렇게 네 앞에 무릎 꿇을게!' 슬프게 혼잣말을 하기도 했다. '어떤 사람이 개 한 마리만 데리고 혼자

서 별들의 산, 별들의 바다를 걷는다고 생각해 봐!' 눈물이 났지만 눈물방울은 지구본처럼 커져서 눈에서 흘러내릴 수 없게 되었다.

그는 맑은 정신으로 통카가 꾼 꿈들에 대해 곰곰이 생각해 보았다.

한번은 혼자 공상에 잠겼다. 통카의 희망이 모두 사라진 어느 날 그가 홀연히 다시 꿈에 나타난다. 넓은 체크무늬가 있는 영국식 갈색 외투를 입고. 외투 단추를 풀면 그 안에 아무것도 입지 않아서 그의 희고 야윈 몸이 드러난다. 그 몸에 소리 나는 장식이 달린 가느다란 금목걸이가 걸려 있다. 모든 것은 하루 동안의 일이다. 통카는 그렇게 확신했다. 통카가 그를 그리워한 것처럼 그도 통카가 그리웠다. 그녀는 욕망에 불타오르지 않았다! 그녀를 유혹한 남자는 없었다. 오히려 그녀는 어떤 남자에게서 아부의 말을 들으면 어색한 듯 괴로워하면서 그런 관계가 얼마나 깨지기 쉬운지 말해 줄 사람이다. 밤에 집에 오면 그녀의 머릿속은 낮 동안 가게에서 있었던 소란스럽고 재미있고 화나는 일들로 가득하다. 귀는 주워들은 얘기들로 가득했고 혀는 마음속으로 계속 이야기를 한다. 그러니 낯선 남자를 생각할 여지가 없다. 자기 마음속에는 그런 생각들이 미치지 못하는 곳이 있음을 느낀다. 그곳에서 그녀는 위대하고 고귀하고 선하다. 상점 점원이 아니라 그와 동등한 신분이었고 고귀한 운명을 타고날 자격이 있는 사람이다. 그렇기 때문에 그녀는 모든 차이에도 불구하고 그를 만날 자격이 있다고 생각한 것이다. 통카는 그가 추궁하는 말을 전혀 이해하지 못했지만 그건 문제가 되지 않았다. 근본적으로 그가 선했기 때문에 그녀의 것이 되었다. 그녀 역시 선했으니까. 어딘가에 틀림없이 선(善)의 궁전이 있어 그곳에서 그들은 함께 살고 절대 헤어지지 않으리라.

그런데 이 선은 무엇이었던가? 행위도 아니고 존재도 아니었다. 외투를 벗을 때의 한 가닥 희미한 불빛이었다. 시간은 너무도 빨리 흘러갔다. 그는 여전히 세상에 굳건히 발붙이고 널 믿어, 라고 확신을 가지고 말하지 못했다. 이렇게 말할 뿐이었다. 설령 모든 것이 그렇다 한들 누가 그걸 알 수 있겠는가. 통카는 이미 죽었는데.

15

그는 간병인에게 돈을 보냈다. 간병인은 그에게 모든 얘기를 해 주었다. 통카가 그에게 안부를 전해 달라고 했다는 것이다.

문득 시처럼 떠오르는 것이 있어서 고개를 돌려 보았다. 그것은 함께 살았던 통카가 아니라 그를 부르는 어떤 소리였다.

그는 이 문장을 반복해서 읊었다. 길에서도 이 문장을 되뇌었다. 이 세계가 그의 주변을 감싸고 있었다. 그는 자신이 달라졌다고, 또 다른 인간이 되리라고 느꼈다. 이것은 그 자신이 해낸 것이지 통카의 공로는 아니었다. 마지막 몇 주 동안의 긴장, 발명으로 인한 긴장은 당연히 해소되었고 그는 발명을 끝냈다. 그는 빛 속에, 통카는 땅속에 있었다. 그는 빛이 주는 행복감을 온몸으로 느꼈다. 주변을 둘러보았을 때 주위의 많은 아이들 중 우연히 울고 있는 한 아이의 얼굴이 눈에 들어왔다. 그 아이는 쨍쨍 내리쬐는 햇빛을 받고 있었고 흉측한 벌레처럼 사방으로 몸부림치고 있었다. 그때 추억이 떠올라서 통카! 통카! 하고 소리쳤다. 그는 발끝에서 머리끝까지 통카를, 그녀의 삶 전체를 느꼈다. 이 순간 자신이 알지 못했던 모든 것을 눈앞에서 겪는 것 같았다. 그의 눈을 가렸던 눈가리개가 떨어져 나간 듯했다. 다음 순간 잠깐 동안 뭔가가 떠올랐다. 또한 그녀 이후로 그를 다른 사람들보다 더 나은 인간이 되게 해 준 많은 것들을 떠올렸다. 그의 화려한 삶에 작고 따뜻한 그림자 하나가 드리워졌으니까.

그것은 통카에게는 아무 소용없었지만 그에게는 도움이 되었다. 모든 목소리를 제대로 듣고 대답할 말을 찾기에는 인생이 너무 빨리 흘러갈지라도.

옮긴이의 말

조화를 되찾으려는 인간

1880년 오스트리아의 소도시 클라겐푸르트에서 태어난 로베르트 무질(Robert Musil, 1880~1942)은 헤르만 브로흐, 토마스 만, 프란츠 카프카와 더불어 현대 독일 문학에서 기념비적 작가로 인정받고, 꾸준히 연구되는 인물이다. 비평가들이 무질을 "독일의 프루스트"라고 표현하고, 대표작 『특성 없는 남자(Der Mann ohne Eigenschaften)』를 "독일어로 쓰인 가장 훌륭한 작품"이라 최고의 찬사를 보내지만, 정작 작품 자체는 이천 쪽이 넘는 방대한 분량과 전통적인 기법에서 벗어난 문체, 말하자면 난해하다는 인식 탓에 대중적으로 크게 주목받지는 못했다. 무질이 세상을 떠난 뒤, 1952년 작가의 전집이 출판되었고, 독일어권에서는 무질 연구가 붐을 이룰 정도로 활발히 진행되었다.

무질의 작품에는 자전적 배경이 많이 반영되어 있다. 아버지는 성실하고 권위 의식이 없는 사람이었으나, 어머니는 신경과민에 까다롭고 괴팍하며 불안정한 성격이었다고 한다. 어머니는 적극적이고 권위적인 남편을 원했지만 그렇지 못한

1차 세계 대전 당시의 로베르트 무질

남편 때문에 늘 욕구 불만에 차 있었으며 양친의 이런 성격은 훗날 작품에서 중요한 요소로 작용한다.

무질은 부모 뜻에 따라 1892년 아이젠슈타트 초급 군사 학교에 입학하지만 잘 적응하지 못한다. 결국 무질은 기초 군인 교육을 끝내지 못한 채, 1897년 육군 공과 대학에서 포술학을 공부하지만 역시 적성에 맞지 않아서 다시 브뤈 공과 대학으로 옮긴다. 그러나 기술자(engineer)라는 직업 역시 그가 추구하는 방향과 거리가 멀어서, 1903년 베를린 대학교에서 철학, 심리학을 전공, 수학과 물리학을 부전공으로 삼아 학업을 이어 간다. 무질은 1908년 실증주의의 대표자 에른스트 마흐를 주제로 「마흐 이론의 평가 고찰」이라는 논문을 펴내고 박사 학위를 취득한다. 이렇듯 군인, 기술자, 수학자 등 여러 직업을 편력하던 무질은 마침내 창작을 천직으로 여기고, 1903년부터 1910년까지 베를린에 체류하면서 작가로서의 입지를 다져 간다.

무질은 1905년 스물다섯 나이에 쓴 자전적 체험 소설 『생도 퇴를레스의 혼란(Die Verwirrungen des Zöglings Törleß)』으로 세간의 주목을 받는다. 이 작품은 메리쉬바이스키르헨 고등 군사 학교의 체험을 바탕으로 소년들의 미묘한 내면 심리를 섬세하게 묘사했을 뿐 아니라, 가장 확실한 학문이라 믿었던 수학으로부터 허수와 무한대의 개념을 배우면서 이성으로 파악할 수 없는 또 다른 영역이 있다는 깨달음을 뛰어난 심리 묘사를 통해 다루어 낸다. 이어 단편 「조용한 베로니카의 유혹(Die Versuchung der stillen Veronika)」과 「사랑의 완성(Die Vollendung der Liebe)」을 하나로 엮어 『합일(Vereinigungen)』이라는 단편집을 발표한다. 이 소설은 일정한 줄거리 없이 주인공의 내면과 무의식 세계를 다루며, 전통적인 서술 방법에서 벗어난 실험적 기법과 문체 때문에 작품의 이해를 더욱 곤란하게 한다는 평을 받았다.

무질이 작가로서 본격적으로 왕성하게 활동하기 시작한 때는, 클라이스트 문학상을 안겨 준 『몽상가들(Die Schwärmer)』을 발표하면서부터다. 이어 출간한 『세 여인(Drei Frauen)』(1924)으로 무질은 빈(Wien) 예술상을 수상한다. 1920년부터 1930년대에 이르는 기간은, 무질의 생애에서 가장 의욕적인 창작기로, 대작 『특성 없는 남자』의 집필도 이 무렵에 가장 집중적으로 이루어졌다.

「그리지아」, 「포르투갈 여인」, 「통카」 세 단편으로 이루어진 『세 여인』은, 본래 하나의 단편집으로 엮으려는 의도 없이 개별적으로 발표했던 작품들이지만, 마치 연작처럼 분명한 공통점과 연관성을 가진다. 세 작품은 무대와 시대 배경이 각기 다르지만 우리가 처한 현실 밖의 시간과 공간을, 혹은 사건을 다룬다는 공통점을 지닌다. 「그리지아」의 무대는 원시 사회를 연상시키는 산악 마을이며, 「포르투갈 여인」은 중세 시대를 시간적 배경으로 한다. 「통카」는 현대의 대도시를 무대로 하지만, 사건 자체가 불가사의하고 신비로운 동화의 성격을 띤다. 『세 여인』은 세 여성 주인공의 이름을 소제목으로 삼은 까닭에, 평범한 또는 특별한 세 여자의 삶을 다룬 이야기가 아닐까 추측할 수도 있겠지만, 사실 '세 남자'라는 제목이 어울릴 만큼 각기 다르면서도 공통점을 가진 세 남성의 이야기를 들려준다. 남자 주인공들은 모두 익명의 존재로 등장한다. 「그리지아」의 주인공은 '인간'을 뜻하는 '호모'이고, 「포르투갈 여인」의 남자 주인공은 고유 명사가 아닌 부족의 이름 '케텐'이다. 또 「통카」의 남자 주인공은 특정한 이름 없이 대명사 '그'로 지칭된다. 그런 점에서 남자 주인공은 특정한 한 개인이 아니라, 현대인의 전형을 의미한다고도 볼 수 있다. 세 남자는 저마다 다른 시대를 살아가지만, 이성과 논리를 신봉하는 직업에 종사한다. 또한 삶의 위기에 처해 있다. 그것은 곧 이성의 위기를 의미한다. 호모는 일상에서 회의와 권태를 느끼는 중년의 학자고, 케텐은 당연한 과업처럼 수년 동안 추진해 오던 목표를 어느 날 갑자기 잃고 만다. 「통카」의 과학자는 일상을 떠나 무방비 상태에 처해 있던 군 복무 시절부터 이야기를 풀어 간다. 이 시기에 그들은 일상의 굴레에서 벗어나, 다시 말해 윤리, 도덕이라는 규범과 가치 기준에서 벗어나 감정이 이끄는 대로 자신을 내맡기고 진정한 자아를 찾고자 모험에 나선다. 학자인 호모는 태고의 원시 사회로 탐험을 떠남으로써, 중세의 영주인 케텐은 전쟁을 통해, 「통카」의 과학자는 익명의 존재로 대도시를 유랑하는 삶을 통해서 현실과 단절된다.

진정한 정체성을 찾아가는 내면의 여정에서 이들은 각자 다른 듯 비슷한 특성을 지닌 여성을 만난다. 제목에서 여성이 부각되는 이유는, 여성들이 이들의 여정에서 중요한 역할을 수행하기 때문이다. 여러 차례 자연과 대지, 흙과 소에 비유되는 그리지아, 달에 비유되는 포르투갈 여인, "한여름에 외로이 떨어지는 눈송이"에 비유되는 통카의 이미지에서 알 수 있듯이 여성은 신화와 종교의 영역으로 끌어올려진다. 이 여성들은 이성으로 파악할 수 없는 비합리적인 신비 세계의 존재다. 남성들은 이러한 여성들을 만남으로써 기존 사고방식

만년의 로베르트 무질

에 중대한 도전을 받고, 점차 이성이 아닌 또 다른 영역에 눈을 뜨면서 대립하는 두 세계의 통합을 갈망한다. 그것은 잃어버린 절반을 향한 동경이고, 남성과 여성, 지성과 감정, 정신과 영혼의 합일을 향한 동경이며, 인간과 자연이 분열되지 않았던 근원 상태로의 회귀를 향한 갈망이라 할 수 있다. 대립을 해소하고 조화를 추구하는 과정에서 여성, 또는 여성성은 남성과 반대되는 생물학적 여성이 아닌, 인간 내부 깊숙이 감춰진 무의식 속의 아니마, 자신의 반쪽이며 내적 동반자로 이해된다. "살다 보면 계속 이대로 갈지 아니면 방향을 바꿀지 망설여지는 순간처럼 눈에 띄게 주춤할 때가 있다. 그런 시기에는 불행에 빠지기 쉽다."라는 첫 구절이 암시하듯이, 또 신화에서 여성이 근원으로서의 어머니 — 대지, 자연 등 생성 — 인 동시에 파멸이라는 양가성을 가지듯, 주인공들은 여성과 만나면서 위기에 처하기도 한다. 동굴에서 죽음을 맞는 호모, 현실에서 이해받지 못한 채 끝내 불가사의한 존재로 죽어 가는 통카, 이들이 새로운 부활을 위한 제의의 희생양이라면 「포르투갈 여인」의 케텐은 자기 의지로 죽음을 물리침으로써, 그리고 포르투갈 여인 역시 시험을 극복해 냄으로써 합일의 경지에 이른다. 어쩌면 「포르투갈 여인」이야말로 사실상 이 작품집을 마무리해 준다고 볼 수 있다. 이런 점에 비추어 볼 때 무질은, 과학 기술의 발달, 이성 만능주의로 정신적 불균형을 앓는, 한마디로 '조화'를 상실한 인간과 '다른 인간상'을 제시하려는 듯 보인다. 호모가 현대 문명 세계를 등지고 원시 산악지대로 떠나는 것, 「포르투갈 여인」의 배경이 중세인 것, 「통카」의 주인공이 시민 사회 가치관과 빚는 갈등에서, 이 작품이 단순히 어떤 남녀의 이야기를 다루는 게 아니라, 그 저변에

문명 비판과 시대 비판을 깔고 있음을 알 수 있다. 또한 자연과 신화로의 회귀는, 이 같은 시대적 위기에서 벗어나기 위한 대안으로 이해된다.

삼십여 년 전에 출판했던 『세 여인』이, 그동안 미흡한 부분을 다듬은 끝에 다시 빛을 보게 되어서 기쁘고 감회가 새롭다. 앞으로 무질 작품에 대한 연구와 번역이 더욱 활발히 이루어져, 로베르트 무질의 작품 세계가 우리 독자들에게 좀 더 친근히 다가설 수 있기를 기대해 본다.

옮긴이
강명구

숙명여자대학교에서 독문학을 공부하고, 「여성 체험과 자아 인식: R. Musil의 『세 여인』 연구」로 같은 대학원에서 박사 학위를 취득했다. 숙명여자대학교에서 강의했으며, 번역 활동을 하고 있다. 옮긴 책으로 로베르트 무질의 『세 여인』, 울리히 플렌츠도르프의 『젊은 W의 새로운 슬픔』, 요하네스 얀젠의 『오페라』, 모니카 그뤼벨의 『유대교』 등이 있고, 그 밖에도 『아이들이 묻고 노벨상 수상자들이 답한다』, 『네 안의 적을 길들여라』, 『츠바이크가 본 카사노바, 스탕달, 톨스토이』, 『미래의 권력』 등 여러 권을 공역했다.

세 여인

1판 1쇄 찍음 2020년 3월 27일
1판 1쇄 펴냄 2020년 4월 3일

지은이 로베르트 무질
옮긴이 강명구
발행인 박근섭, 박상준
펴낸곳 (주)민음사

출판등록 1966. 5. 19. 제16-490호
서울시 강남구 도산대로 1길 62(신사동)
강남출판문화센터 5층 06027
대표전화 02-515-2000 팩시밀리 02-515-2007
www.minumsa.com

ISBN 978 89 374 2967 5 04800
ISBN 978 89 374 2900 2 (세트)

쏜살 유리문 안에서 나쓰메 소세키 | 유숙자 옮김

저, 죄송한데요 이기준

도토리 데라다 도라히코 | 강정원 옮김

게으른 자를 위한 변명 로버트 루이스 스티븐슨 | 이미애 옮김

외투 니콜라이 고골 | 조주관 옮김

차나 한 잔 김승옥

검은 고양이 에드거 앨런 포 | 전승희 옮김

두 친구 기 드 모파상 | 이봉지 옮김

순박한 마음 귀스타브 플로베르 | 유호식 옮김

남자는 쇼핑을 좋아해 무라카미 류 | 권남희 옮김

프라하로 여행하는 모차르트 에두아르트 뫼리케 | 박광자 옮김

페터 카멘친트 헤르만 헤세 | 원당희 옮김

권태 이상 | 권영민 책임 편집

반도덕주의자 앙드레 지드 | 동성식 옮김

법 앞에서 프란츠 카프카 | 전영애 옮김

이것은 시를 위한 강의가 아니다 E. E. 커밍스 | 김유곤 옮김

엄마는 페미니스트 치마만다 응고지 아디치에 | 황가한 옮김

걸어도 걸어도 고레에다 히로카즈 | 박명진 옮김

태풍이 지나가고 고레에다 히로카즈 · 사노 아키라 | 박명진 옮김

조르바를 위하여 김욱동

달빛 속을 걷다 헨리 데이비드 소로 | 조애리 옮김

죽음을 이기는 독서 클라이브 제임스 | 김민수 옮김

꾸밈없는 인생의 그림 페터 알텐베르크 | 이미선 옮김

회색 노트 로제 마르탱 뒤 가르 | 정지영 옮김

참깨와 백합 그리고 독서에 관하여 존 러스킨 · 마르셀 프루스트 | 유정화 · 이봉지 옮김

순례자 매 글렌웨이 웨스콧 | 정지현 옮김

마르그리트 뒤라스의 글 마르그리트 뒤라스 | 윤진 옮김

너는 갔어야 했다 다니엘 켈만 | 임정희 옮김

무용수와 몸 알프레트 되블린 | 신동화 옮김

호주머니 속의 축제 어니스트 헤밍웨이 | 안정효 옮김

밤을 열다 폴 모랑 | 임명주 옮김

밤을 닫다 폴 모랑 | 문경자 옮김

책 대 담배 조지 오웰 | 강문순 옮김